·世界文学名著·

地心游记

Journey to the Center of the Earth

（法）凡尔纳 著

鲁 迅 译

北方联合出版传媒(集团)股份有限公司
春风文艺出版社
·沈 阳·

图书在版编目（CIP）数据

地心游记 /（法）凡尔纳著；鲁迅译. — 沈阳：春风文艺出版社，2017.6（2023.1重印）
ISBN 978-7-5313-5254-9

Ⅰ.①地… Ⅱ.①凡… ②鲁… Ⅲ.①科学幻想小说—法国—近代 Ⅳ.①I565.44

中国版本图书馆CIP数据核字（2017）第105124号

北方联合出版传媒（集团）股份有限公司
春风文艺出版社出版发行
http://www.chunfengwenyi.com
沈阳市和平区十一纬路25号 邮编：110003
定州新华印刷有限公司

选题策划：单瑛琪	责任编辑：张玉虹 姚宏越
媒体联络：刘 维	统筹发行：郝庆春
团　　购：刘静波	印制统筹：刘 成
责任校对：潘晓春	封面设计：Amber Design 琥珀视觉
版式设计：杜 江	幅面尺寸：145mm × 210mm
字　　数：100千字	印　　张：4.5
版　　次：2017年6月第1版	印　　次：2023年1月第4次
书　　号：ISBN 978-7-5313-5254-9	
定　　价：20.00元	

版权专有 侵权必究 举报电话：024-23284391
如有质量问题，请拨打电话：024-23284384

目 录

月界旅行

第一回	悲太平会员怀旧　破寥寂社长贻书	003
第二回	搜新地奇想惊天　登演坛雄谭震俗	008
第三回	巴比堪列炬游诸市　观象台寄简论天文	013
第四回	喻星使麦氏颂飞丸　废螺旋社长定巨炮	019
第五回	闻决议两州争地　逗反对一士悬金	026
第六回	觅石丘联骑入山　鼓洪炉飞铁成瀑	033
第七回	祝成功地府畅华筵　访同志舵楼遇畸士	040
第八回	温素互和调剂人生　天行就降改良地轴	047
第九回	侠男儿演坛奏凯　老社长人海逢仇	054
第十回	空山觅友游子断魂　森林无人两雄决斗	061
第十一回	羡逍遥游麦公含愤　试震动力栗鼠蒙殃	067
第十二回	新实验勇士服气　大创造巨鉴窥天	072

第十三回　防蛮族亚电论武器　迎远客明月照飞丸 —— 077

第十四回　纵诡辩汽扇驱云　报佳音弹丸达月 —— 084

地心游记

第一回　奇书照眼九地路通　流光逼人尺波电谢 —— 091

第二回　割爱情挥手上征途　教冒险登高吓游子 —— 096

第三回　助探险壮士识途　纾贫辛荒村驻马 —— 100

第四回　拼生命奋身入火口　择中道联步向地心 —— 104

第五回　假光明造物欺人　大徼幸灵泉医渴 —— 107

第六回　亚葂士痛哭无人乡　勇梗斯力造渡津筏 —— 111

第七回　泛巨海垂钓获盲鱼　入战场飞波现古兽 —— 116

第八回　大声出水浮屿拟龙　怪火搏人荒天掣电 —— 120

第九回　掷磁针碛间呵造化　拾匕首碣上识英雄 —— 124

第十回　埋爆药再辟亚仑洞　遇旋涡共堕焦热狱 —— 128

第十一回　乘热潮入火出火　堕乐土舍生得生 —— 132

第十二回　返故乡新说服群儒　悟至理伟功归怪火 —— 136

月界旅行

YUEJIELÜXING

第一回　悲太平会员怀旧　破寥寂社长贻书

凡读过世界地理同历史的，都晓得有个亚美利加的地方。至于亚美利加独立战争一事，连孩子也晓得是惊天动地；应该时时记得，永远不忘的。今且不说，单说那独立战争时，合众国中，有一个麦烈兰国，其首府名曰拔尔祛摩，是个有名街市。真是行人接踵，车马如云。这府中有一所会社，壮大是不消说，一见他国旗高挑，随风飞舞，就令人起一种肃然致敬的光景。原来是时濒年战斗，人心恟恟，经商者捐资财，操舟者弃舟楫，无不竭力尽心考究兵事。那在坡茵兵学校的，更觉热心如炽。这个说我为大将，那个说我做少将。此外一切，真是视而不见，听而不闻，食而不知其味的了。尔后，费却许多兵器弹药，金资人命，遂占全胜，脱了奴隶的羁轭，造成一个烈烈轰轰的合众国。诸君若问他得胜原因，却并无他故。古人道：工欲善其事，必先利其器；美国也不外自造兵器，十分精工，不比不惜重资，却去买外国废铁，当作枪炮的；所以愈造愈精，一日千里，连英、法诸强国极大钢炮，与它相比，也同僬侥国人遇着龙伯一般，免不得相形见绌了。此时说来，似乎过于夸大。其实美国人炮术，天下闻名。犹如意大利人之于音乐，德国人之于心理学一般。既已在世界上独一无二，他偏又聚精会神，日求进步。所以连欧洲新发明的"安脱仑格""排利造""波留"等有名大炮，也不免要退避三舍了。……诸君，你想！偌大一个地球，为什么独有美国炮术，精妙一至于此呢？前文说那拨尔祛摩府中，不是有一座壮大无匹，花旗招飐的会社吗？这便是制造枪炮的所在。当初设立时，并不托官绅势力，也不借富商巨资；单是一个大炮发明家，同一个铸铁师，商量既定，又招一个钻手，立下这枪炮会社的基础，行过开社的仪式。不料未及一月，就有尽力社员一千八百三十三人，同志社员三万五千六十五人。当下立定条约，说是万一新发明大炮难以成功，则须别出心裁，制造别种崭新利器。至于手枪短铳等细小物件，却并不介意，唯有专心致志铸造大炮，便是这会社的宗旨。到后来会社中社员越聚越多，也有大将，也有少将，一切将校，无所不有。若把这会社社员题名簿一翻，不是写着战死，就是注着阵亡；即偶有几个生还，亦复残缺不完，疮痍遍体：有扶着拐杖的，有用木头假造手足的，有用树胶补着面颊的，有用银嵌着脑盖骨的，有用白金镶着鼻子的，蹒跚来往，宛然一座废人会馆。从前有名政治家卑得刻儿曾说道："把枪炮会社中人四个合在一处，没一条完全臂膊；六个合在一处，没一双满足的腿。"可想见这些社员情形了！虽然，老骥伏枥，志在千里；他们虽五体不全，而雄心未死，常抚着弹创刀痕，恨不得再到战场，将簇新大炮对敌军一试。晋人陶渊明先生有诗道：

精卫衔微木，将以填苍海；

刑天舞干戚，猛志固常在。

像是说这会社同社员的精神一样。哪晓得世事循环，战争早毕，大炮炸弹，尽成无用长物。当初杀人成阜的沙场，也都变了桑麻如林的沃壤。老幼熙熙，欢声载道。只有枪炮会社社员，却像解馆先生，十分烦闷。虽是只管制造，想发明空前绝后的大炮；无奈不能实地试验，只好徒托空言罢了。加之会社零落，堂室荒芜，新闻纸堆累几上，霉菌毵毵，竟无一人过问。可怜从前车马络绎、议论嚣嚣的所在，竟变做荒凉寂寞的地方。回想当初，硝烟惨淡，铁雨纷飞的情形，不是做梦，还遇得着么？人说可喜的是天下太平，四海无事，哪晓得上马杀贼的壮士，却着实伤心呢！……一日天晚，有一会员叫作汉佗的，走进自己的休息所，把木镶的假腿向火炉上一烘，说道："目下时势，岂不怪极了么！我辈竟无一事可为，岂不是一可悲叹的世界吗！不知什么时候，才能够有霹雳似的炮声，给我畅畅快快的听一听呢？"旁边坐着的毕尔斯排，本来极其洒落，把断腕一伸，连忙答道："如此快事，那里还有呢！虽然遇着过愉快的时候，谁料半途中竟把战争中止了。从前的大将，仍然去做商贾；弹丸的仓库，竟堆了棉花。唉，将来亚美利加炮术，怕还绝迹的了。"有名的麦思敦，把树胶作的头盖骨且搔且说道："是的。此刻时势太平，已非研究炮术学的时候，所以我想造一种叫作臼炮的，今日已制成雏形，此炮一出，倒可以一变将来战争模样。"汉佗忽然记起麦思敦新发明的第一回就打死三百七十三人的大炮，忙问道："当真吗？"麦思敦道："决非虚言。然须加一层工夫精神，故尚未成就。目下亚美利加景况，百姓悠然，只想过太平日子；然而人口非常增多，有的说恐怕又要闹事了。"大佐白伦彼理道："这些事，总是为欧罗巴洲近时国体上的争论罢了。"麦思敦道："不错不错！我所希望，大约终有用处，而且又有益于欧罗巴洲。"毕尔斯排大声道："你们做甚乱梦！研究炮术，却想欧洲人用么？"大佐白伦彼理答道："我想给欧洲人用，比不用却好些。"麦思敦道："不错。然而以后不去尽力研究它，亦无不可。"大佐白伦彼理道："为什么呢？"麦思敦道："想欧罗巴的进步，却同亚美利加人思想相反，他不从兵卒渐渐升等，是不能做大将的。不是自造铁炮，是不能打的。"汉佗正拿着小刀，在那里削椅子的靠手，一面说道："可笑得很！要是这般，我们只好种烟草榨鲸油了。"麦思敦发恨道："那是什么话呢！难道以后就没有改良火器的事情吗？就没有试验我们火器的好机会吗？难道我们的炮火，辉映空中的时候，竟会没有吗？同大西洋外面国度的国际上纷争，就永远绝迹了吗？或者法国人把我们的汽船撞沉了，或者英国人不同我们商量竟把两三人缢杀了，这宗事情，就会没有吗？……倘若我新发明的臼炮，竟没实地试验的好机会，唯有诀别诸君，葬身于爱洱噶尼沙的平野罢了。"众人齐声答道："果然如此，则我们亦当奉陪。"大家无情无绪，没精打采地谈了一会，不觉夜深，于是各人告别回房，各自安寝不表。到了次日，忽见有个邮信夫进来，手上拿着书信，放下自去。社员连忙拆开看时，只见上写道：

本月五日集会时，欲议一古今未有之奇事。谨乞同盟诸君子贲临，勿迟是幸！

十月三日，书于拔尔祛摩。枪炮会社社长巴比堪。

社员看毕，没一个晓得这哑谜儿，唯有面面相觑。那性急的，恨不能立刻就到初五，一听社长的报告。正是：

壮士不甘空岁月，秋鸿何事下庭除。

究竟为着甚事，且听下回分解。

第二回　搜新地奇想惊天　登演坛雄谭震俗

却说社员接了书信以后，光阴迅速，不觉初五。好容易挨到八点钟，天色也黑了，连忙整理衣冠，跑到纽翁思开尔街第二十一号枪炮会社。一进大门，便见满地是人，黑潮似的四处汹涌。原来住在拨尔祛摩的社员，多已先到；外加赶热闹的百姓，把个极大会社，满满的塞个铁紧，尚且源源而来。没坐处的是不消说，连没立处的也不知多少，有的立在边室，有的立在廊下，乱推乱挤，各自争先，要听古今未有的奇事。美国人民本来是用"自治说"教育出来的，所以把人乱推，还说这是自由的弊病，是不免的了。至于"自由者以他人之自由为界"的公理，那里能个个明白呢！会堂里面，单是尽力社员，同着同志社员，簇齐地坐着，一排一排，如精兵布阵一般，井井有条，一丝不乱。其余不论是外国人，是做官的，一概不能进内，只好也混在百姓里边，伸着脖子，顺势乱拥罢了。唯有身材高大的，却讨便宜，看得见里面情景，说是诸般装饰，无不光彩夺目，壮丽惊人。上边列着大炮，下面排着臼炮，古今火器，不知有几千万样，罗列满屋。照着汽灯，越显得光芒万丈，闪闪逼人。正中设一张社长坐的椅子，是照三十四寸臼炮台的样式做的，脚下有四个轮子，可以前后左右随意转动。前面是"恺儿乃德"炮式的铁镶六足几，几上放着玻璃墨汁壶，壁上挂着新式最大自鸣钟。两边分坐着四名监事，静悄悄的只待社长的报告。……这社长，年纪不过四旬，是美洲人，幼年贩买木材，获了巨利，到独立战争时，当了一个炮兵长，极有盛名。且发明许多兵器，虽是细小事情，也精心考究，不肯轻易放过，所以远近闻名，无不佩服的。等了许久，那壁上挂的大自鸣钟，忽然当当地打了八下，社长像被发条弹机弹起来似的，肃然起立。众人看得分明：是戴着黑缘峨冠，穿着黑呢礼服，身材魁伟，相貌庄严。对台下大众行过礼，把手按在几上，默然停了一会，便朗朗地说道：

"我最勇敢的同盟社员诸君！你看世上久已承平，我们遂变了无用的长物。战争久已绝迹，我们遂至事业荒芜，不能进步。若是兵器有用，果然是我们的好机会。然而看现在的事情同形势，那里还有非常之事呢！唉，我们大炮震动天地的时候，在几年之后，是不能预料的了。所以我想，与其株守无期的机会，空抛贵重的光阴，反不如研磨精神，奋励志力，做件在太平世界上能占个好地位的事业。……以前几月间，我曾把全副精神，注在一个大目的上，常常以心问心道：19世纪的文明世界，还没时有这样大事业吗？炮术极其精微的时候，还做不成这大事业吗？此后细心研究推算，遂晓得这各国都做不成的大事业，是可以成功，而且确凿有据的。今日奉邀诸君者，就是报告此事。且此事不但有益于现今诸人，连枪炮会社的将来,都大有利益。倘若事竟成功,谅这全世界也要震动呢!……"刚才说毕,社员同听众像加一层气力似的,满堂动摇起来。社长把峨冠整一整,又向天指了一指,慢慢说道:

"我最勇敢的同盟社员诸君!请观这苍穹上,不是一轮月吗?今晚演说,就为着这'夜之女王'可做一番大事业的缘故。这大事业是什么呢?请诸君勿必惊疑,就是搜索这众人还没知道的月界,要同哥伦波发现我邦一般。然而做这大事业,断不是一人独力可以成功的,所以报告诸君,想诸君协力赞助,精查这秘密世界,把我合众三十六联邦版图中,加个月界给大家看。(拍手)从前日夜焦心苦虑,把那月界的重量,以及周围、直径、组织、运动,连那距离同占有位置,都算得明明白白,画了一幅太阴图,其精密完全,虽不能胜于地图,却还不亚于他呢。关系月界的事情,现在虽大都明白,然而自古迄今,还没见有从我地球到那月界开条通路的事业。(大喝彩)只有理想上想着探捡月界的,却也不少。今日约略述给诸君听一听:当初一千七百年时,有个叫飞勃力的,常常说肉眼看见月界的居民。再往前说,则一千六百四十九年,有法国人波端,曾做过一册《西班牙大胆者公石力子氏月界旅行》。同时又有个陪儿格拉也是法国人,也做一册叫什么《法国成功月界旅行》的。后来有部《多数世界》,著者就是法国风耐儿,极有盛名,说'地球之外尚有许多世界'。到一千八百三十五年,有一本小册子出版,讲的是'有个约翰哈沙,于天文学上,算得极其致密。在喜望峰头,立一个大望远镜,镜里照着火,因为装置极精,遂把月的距离缩成了八十码，里面情形，看得十分清楚：有许多河马进出的大洞，有黄金色笹缘似的东西圈着山麓的青山，有角如象牙的羊，有浑身白色的鹿，而且有人两腋生着肉翅，宛然一只蝙蝠'。著者就是我国洛克先生。他的书倒是销流甚广的。还有一本书说：'古时有个排尔，坐着盛满淡气的气球，过了十九分钟，遂到月界。'著者也是美国人，那有名的亚波就是了。（大喝彩）然总不过纸上的理论，不能确信。至于今日报告诸君的，却是实地研究，真要对月界开一条通路。五六年前，普国有个算术家，说要研究大学术，到了西伯利亚平原，用光线反射的性质，造了一幅算学图，内中也有同'弦之平方'相关的道理，就是法国人叫作'爱斯勃力其'的。那算术家曾说道：'聪明人看了这算图，是没有不解的。倘要同月界开条通路，不能不依这道理。至于交通之后，对月界居民说话，新造一种字母，也甚容易。'那算术家话虽如此，总没实行。从纪元到今日，连同月界结个定约的也没见过。到今日，月界交通的事情，我美国人实地研究的结果，同勇敢不挠的精神，应该自任，是不消说的了。至于到月界的方法，极其简便，确实决没差误，这便是想对诸君商议的一大要点。（喝彩舞蹈）五六年来，炮术进步的迅速，是诸君所熟知的，不消细说。若讲大略，则大炮的抵抗力，同火药的弹拨力，没有限量的道理，已经确凿明白，所以据这原理，用装置精巧的弹丸，能否到达月界的问题，自然因此而起了。"

社长说完，听众都呆着出神，静悄悄的像没有人一般。过一会，渐渐解过演说的意思，不觉又霹雳似的拍手喝彩起来，把好大会堂，震得四壁飒飒乱动。社长再要往下说，连一字也听不清楚了。过了半点钟，才觉稍稍镇静，只听得社长又说道：

"请诸君少安，给我说完罢。我于此事，常自问自答，精细研钻，才晓得把弹丸用第一速力每秒走一万二千码的时候，可以射入月界，是确实无疑的。我最勇敢的同盟社员诸君！鄙意便是要试做这一番极大事业，所以特来报告，诸君以为何如呢？"

社长还没说完，那众人欢喜情形，早已不可名状，呼的，叫的，笑的，吼的，嚣嚣嗥嗥，如十万军声，如夜半怒涛，就是堂中陈列的大炮，一齐发射，也不至此。正是：

莫问广寒在何许，据坛雄辩已惊神！

要知以后情形，且待下回分解。

第三回　巴比堪列炬游诸市
　　　　观象台寄简论天文

　　却说社长坐在听众之间，睁着眼看他们狂呼乱叫，再想说话，站起身来，众人那里还理会得。也有打击呼钟，想镇定大众；无如大众呼声，却高过钟声几倍，竟全然不觉，反跑上来，围着社长，称誉赞美，不胜其烦。当下依美国通例，社员列成行伍，点着松明，到各街市巡行了一遍。住在麦烈兰的外国人，都交口称誉，叫喊不止，直有除却华盛顿，便算巴比堪的样子。加之天又凑趣，长空一碧，星斗灿然，当中悬着一轮明月，光辉闪闪，照着社长，格外分明。众人仰看这灿烂圆满的月华，愈觉精神百倍，那临时抱佛脚，买望远镜的，更不知其数。听说福尔街远镜店，就因此获了巨利的。到了半夜，仍是十分热闹，扰扰攘攘，引动了街市人民，不论是学者，是巨商，是学生；下至车夫担夫，个个踊跃万分，赞叹这震古烁今的事业。凡是住在岸上的，则在埠头；住在船上的，则在船坞；都举杯欢饮，空罐如山。那欢笑声音，宛如四面楚歌，嚣嚣不歇。社长在如疯如狂的大众里面，拉的，推的，抬的，像不倒翁一般,和着赞叹声音,四处乱转。到两点钟,才觉渐渐平静,远处来的外国人,也坐着火车各自散去。社长忙了一夜,然正在欢喜,也不觉得辛苦,归家去了。到第二日,众人议论,愈加纷纷不一,原来美国人的性质,最是坚定,听了巴比堪的报告,不但没一人惊怪,却都说确实无疑,必可成功的。当初拿坡仑道:"因字典中有'不能成'三字,人都受欺,其实地球上那里有不能成的事呢!"美国人人佩服这话,所以不论什么事,亚美利加人民,是从不大惊小怪的。报告传将开去,自然是个个欢喜。五百种新闻杂志,都执笔批评,也有据形体上立说的,也有以气象学为主的,也有从政治上发议的,也有从政治上立论归到开化的,有的道:"月界竟同我地球一般,样样完全吗?有同地球相似的空气吗?发现月界之后,就该移住吗?"并说:"月界统属美国,则欧洲国权,不能平均,恐肇事端"的,亦复不少。可惜这本书里,载不尽那些名言伟论,没奈何只好割爱了。此外有薄斯东的博物学社,亚尔白尼的学术社,纽约的地理国志社,飞拉特非亚的理学社,华盛顿的斯密敦社,都从邮局纷纷寄信,祝贺枪炮会社的大事业。还有酿合金资,补助一切费用的,也不知多少。社长的名誉,真如旭日初升一般,竟个个赞美崇拜起来。五六日之后,拨尔祛摩有座英商开的戏园,造一本戏,暗中含着讥刺的意思。大众说他毁损社长,几乎把戏园打得落花流水。英商没奈何,谢过众人,改了关目,却奉承起来,倒获了大利。这是细事,按下不表。……却说社长归家之后,真是食不下咽,寝不安席,没昼没夜,总是计划着月界旅行一件事业。屡次招集同盟社员，议了又议，解释了许多疑问。若是天文上的关系，商酌清楚；然后再把器械决定，这大试验，就算毫无缺陷了。当下大家议妥，连夜修书，把关着天文上的疑问写在里面，寄到沫设克谁夫府的侃勃烈其天象台，求他帮助解决。这府是从前联邦合众的第一处，最有名的，而且好本领的天文家，多在此处。庞多氏决定彗星的星云，克拉克发现雪留星的卫星，曾得了大名誉，他们所用至精极微的望远镜，也都是这天文台制造的。接到枪炮会社书信之后，自然是大家欢喜，极力赞成。不到三日，巴比堪家中，就接得回函，一切疑问，都解释了。回函道：

本月六日，获贵社来书，辱询一切，即日召集同人，互相讨论，折中众言，拟为答议，并撮其要旨，作约言五则，附诸简末，以俟采择。我侃勃烈其天象台同人，于天文理论上之关系，既经剖析，并为美国人民，祝此伟业！

第一问曰：弹丸能否送入月界？答议曰：若令弹丸每秒具一万二千码之第一速力，则必能达其目的，盖离地上升，则吸力递减，与距离成逆比例。——即距离三尺，则较一尺时，其吸力必减少九倍。故弹丸重量，亦因之减轻。迨月球与地球之吸力两相平均，则成零点。其处即弹丸飞路之五十二分中之四十七分也。是时弹丸全失其重量，既越零点，则仅受月界吸力，必向月界而下堕矣。由理论观之，自必成功无疑，既如上述；然亦不能不关于所用之机械力。

第二问曰：月与地球之精密距离凡几何？答议曰：月之环行我地球也，其轨道非真圆而椭圆，地适居椭圆轨道之中，故太阴周回地球，其距离远近不相等。天文家有谓"胚利其"（意即月球运行时与地球最近之处）或"爱薄其"（意即月球运行时与地球最远之处）者即此。其最远最近两距离差之浩大，有为思虑所难及者，据近来确算：月地距离，最远则二十四万七千五百五十二英里；最近则二十一万八千六百五十七英里，两距离之差，凡二万八千八百九十五英里，即多于全距离之九分之一也。故应以最近最远，为计算之根。

第三问曰：具第一速力之弹丸，令达月界，需几何时？又应何时放射，则可达月界之一点？答议曰：若令弹丸一秒时恒具一万二千码之第一速力，则唯九小时，即达月界。然第一速力，必至减小，故达月与地两吸力之平均点，需时三十万秒即八十三时二十分。再由此点直达月界，需时五万秒，即十三时五十三分二十秒也。故若对瞄定之一点，放射弹丸，应于太阴未到前之九十七时十三分二十秒。

第四问曰：月球行至最适于弹丸到达处，应在何时？答议曰：解答第三疑问外，有尤要者，即择月与地距离最近之时刻，及经过天心之时刻是也。届是时，其距离可减去等于地球半径长率。（即三千九百十九英里）弹丸直达月界之飞路，仅余二十一万四千九百七十六英里而已。然月至地球最近处，虽月必一次，而又同时适经天心则甚鲜，非历多年，不能遇之，是事当以选同时适遇右二事为第一义。所幸者机会适至，来年十二月四日夜半，月球正为"胚利其"，即至地球最近处而又同时适经天心。

第五问曰：放射弹丸时所用大炮，应瞄准天之何一点？答议曰：来年适遇良机，既如上述，则大炮自应瞄准其处之天心。故若置大炮，令成垂线，则临放射时弹丸可速离地球吸力之感触点，然因月球到达发炮处之天心，故其处以在超过月球倾斜之纬度为良，即零度及北纬或南纬二十八度间是也。否则弹丸必须斜射，为起业一大妨害。

第六问曰：弹丸发射时，月悬天之何处？答议曰：当弹丸飞行天际时，月亦每日进行十三度十分三十五秒故与天心相距，凡四倍于每日进行之度数，共五十二度四十分二十秒是即弹丸达月，及月球进行相等之时刻也。然因地球运转，而弹丸进路，遂不得不复生差异，其差由地球十六半径即月之轨道推之，凡十一度，此十一度中，应加右之五十二度四十分二十秒。（令分秒数进位，则几近六十四度。）故弹丸放射时，发炮处之垂线，应令与月球半径成六十四度角。

约言：（一）置炮地应在零度及北纬或南纬二十八度间。（二）大炮发射时，应以天心为目的，而瞄准之。（三）放射弹丸，应令每秒具一万二千码之第一速力。（四）放射弹丸，应在来年十二月朔日午后十时四十四秒。（五）弹丸发射后四日，当达月界，即十二月四日夜半，恰经天心之时也。

拔尔祛摩枪炮会社社长巴比堪君阁下：

天象台职员总代理侃勃烈其天象台司长培儿斐斯顿首。

众人读过来书，于天文上的疑问，都不觉涣然冰释，自然是称誉不迭的。各种学术杂志上，也登载殆遍，并加上许多批评议论的话，引动了世人注目，又都纷纷赞美起来。正是：

  天人决战，人定胜天。人鉴不远，天将何言！

  天文上的疑问，都已解释；那器械却如何商量呢？下回再说。

第四回　喻星使麦氏颂飞丸
　　　　　废螺旋社长定巨炮

　　却说社长接到天象台回书的次日，正是初八，便摆设盛宴，召集尽力社员，都到立柏勃力康街第三号巴比堪的本宅，开一大会，决定大炮弹丸硝药三大要件。当下依投票选举法，选于学术上有大智识者四人，担当各种事务。少刻检票看时，最多数的是社长巴比堪，大将穆尔刚，少将亚芬斯东，那盛名鼎鼎的社员麦思敦，是不消说，一定有分的，而且是个监事之职。四人也不推辞，都慨然应允了。社长先说道："诸君！我们今日，应拿炮术学来解决这最紧要的问题，第一次会合时，于论定所用器械为第一步的意见，已经都无异议的。然而再三思索，却不如先议弹丸，后议大炮的妥当。因为大炮大小，是不能不依着弹丸做的。"大众还未答应，麦思敦慌忙起立，大声说道："兄弟尚有一言，社长说先议弹丸，鄙意亦复如是。为什么呢？这回到月界的弹丸，是同派遣的使节一般，倘若内中不学无术，便是外貌庄严，也不免受外人嘲骂。所以据兄弟的意思，应以修身为第一义。外形果然要壮丽精工，内中也应该坚强缜密。诸君以为何如呢？那创造星辰的是造化，制造弹丸的是我们；造化常以电气光线风籁等之迅速自负；我们不该以弹丸速率捷于奔马或汽车数百倍自负吗？况且驾着一秒时走七英里的新制弹丸，向月界进发，是何等名誉呢！诸君！怕那月界居民，不用大礼迎我地球的使节吗？"这雄辩家说完，稍觉疲乏，返身归坐，把几上摆的盐肉，叉一片吃了。社长道："我们已说过颂词，该研究实事了。"大众一面吃肉，一面都应个"是"。社长又道："此刻应议者，是用什么法子，可以使弹丸一秒时有一万二千码的速力。故从古迄今，经验过的速力，不可不详细说明。此事是要劳穆尔刚君了。"大将穆尔刚答道："此事兄弟颇知一二，当从前战争时，曾任炮术试验职员，所以至今也还记得。那达路格连氏百磅炮放射以后，经过五千码距离，尚有每秒五百码的第一速力，还有浩特曼哥仑比亚炮，用半吨弹丸，每秒速力八百码，也达六英里的距离。这等结果，究竟非英国巨炮'安脱仑格''排利造'所能及的。"麦思敦叹息道："唉，这样的弹丸，加上这样速力，就是我发明的臼炮，也未免破裂的了。"社长徐徐答道："是定要破裂的。然而我们这事业，八百码的速力，未免过小，还该增加二十倍呢。要议增加二十倍速力的方法，就先要注意，同这大速力比例适当的弹丸大小，应该如何。至于半吨重的小弹丸，于我们的事业，毫无用处，谅诸君都知道的。"少将亚芬斯东问道："何故呢？"麦思敦代答道："何故么，便是以弹丸之巨大，令月界居民惊惧的意思。"社长道："还有一层不能不用巨大弹丸的缘故，从我地球启行，直达月界，旅路甚遥，所以我们不可不时时了望的。"大将穆尔刚,少将亚芬斯东大惊,齐声问道:"这是怎讲呢?"社长道:"弹丸向月界进发的时候,若不能从地球上察看,则这回的大试验,如何晓得成功与否呢?"少将亚芬斯东忙应道:"然则君的意见,是要造古今无比的巨大弹丸了?"社长道:"否,否!听我说完罢。目下视学上的机械,竟已非常精巧,有一种望远镜,可以把视物放大六千倍,月地的距离,缩近至四十英里了。故此距离之内,观察六十尺平面物体,是毫无疑难的。唯不把望远镜的视力增加,而物体又比六十尺较小,则仅借着月球的极弱光线,却不能看这小物体了。"大将穆尔刚道:"是的。然则阁下要如何呢?难道就要制造直径六十尺的弹丸吗?"社长摇摇头。穆尔刚又说道:"然则阁下的卓见,是要增加月球的光线力吗?"社长道:"君言甚是!这光线薄弱,全因空气浓厚的缘故,所以把蔽塞光线线路的空气弄稀薄了,那月光自然而然的增加起来。再把望远镜装置在最高的山顶,一定可以成功的。兄弟意见,就是如此。"少将问道:"如此说来,要用放大几倍的望远镜呢?"社长道:"若用放大四万八千倍的机械,则月球可以缩到五英里之近,此时有直径不小于九尺的物体,必能看见的。"麦思敦道:"然则我们大试验时用的弹丸,其直径不必大于九尺了。"少将亚芬斯东接口道:"请诸君想一想,这直径九尺的弹丸,该有若干重量呢?"社长道:"我的亲友!且莫讲弹丸的重量,让我把古人的奇事说一说罢。然鄙意并不以为炮术之学,今不如古,无非因中世时古人做的事业,颇可惊奇,却像今人远不及的样子。约略说来,似非无益的。从前一千四百五十三年，蓦哈默德二世，围孔泰诺波儿的时候，曾用过重量一千九百磅的石弹丸。又在叫马尔佗的地方的沁胎耳木砦时，放射的弹丸，重量直有二千五百磅。你说奇不奇呢！至于兄弟亲见的，则有安脱仑格炮，放射过五百磅的弹丸。洛特曼炮，也放射过半吨的弹丸。若察古推今，观炮术上的进步，目下就造比蓦哈默德二世的石弹丸，并洛特曼炮弹大十倍的，也不至十分为难罢。"少将连连称"是"。又问道："制造弹丸，用什么金属呢？"大将道："自然是熔铁了。"少将道："弹丸的重量，同容量，有比例的这直径九尺的铁丸，岂非要有非常的重量么？"大将道："那是实丸了。这回用的是空丸，不至于此。"少将道："这弹丸侧面该厚多少呢？"大将答道："直径一百八英寸的弹丸，常例不过二尺。"社长也答道："我们此回用的弹丸，并非攻石砦击铁舰者可比。只要厚量胜得过空气压力就好了。此刻的问题，是制一直径九尺的中空铁丸，而不能重于二万磅。其侧该厚多少，请麦君确实推算，说给我们听罢。"麦思敦道："不过二寸有余。"少将听了，满心惊疑，忙问道："够么？"社长道："必不够的。"少将双眉一蹙，睁着眼道："怎好呢？只得把他种金属来代熔铁了。"大将道："铜吗？"麦思敦只是摇头，说道："还重，还重！"少将急甚，正想开口，社长道："莫妙于用铝。"大将少将及麦思敦，齐声问道："真用铝么？"社长道："这个金属，有银之色泽，金之坚刚，轻如玻璃，粘如精铁，易熔如铜一般，轻于铁者三倍。这样看来，我们大事业上，用他制造弹丸，最是恰当的。"少将道："社长，这种金属，不是很贵么？"社长道："初发现时，果然很贵,此时也不过每磅九圆,并非我们力所不及的。"大将道:"然则弹丸的重量多少呢?"社长道:"前经算定,凡径一百八英寸,厚十二英寸之弹丸,如用铁制,应重六万七千四百四十磅;如用铝制,只有一万九千二百五十磅了。至于价值呢,大约十七万三千五百圆之谱。兄弟都已算定,不过用去这回大事业资本的九牛一毛,诸君可不必疑虑的。"三位社员,齐答道:"君言极是。就此决定用铝一事。此外一切,明日再议罢。"说毕,大家行过礼,退会出来,早已红日沉山,暝烟四起了,按下不表。……再说次日,社员又纷纷聚会。凡欧美人最重要的是时刻,第一天约定,从不失信的,所以不一会儿,便都齐集。社长便道:"同盟诸君!今日且不论别的,单把从大炮制造法至长短,及物质重量等项,先行决定。然制造大炮,虽说只要无比的巨大就好,不知其间却有许多难处,要望诸君指教了。此次应议的,是令重量二万磅的空丸,每秒有一万二千码的第一速力,该用如何方法便是?还有同弹丸相关的三力,不能不先行说明:一、硝药之激发力;二、地球之吸力;三、空气之抵抗力是也。这三力中,空气抵力,无甚妨碍,包地球面的空气,不过厚四十英里,若有上次所说一般速力的弹丸,不消五秒时,就能飞过空气圈,这抵抗力是微乎其微的。至于吸力呢,从前已说过,弹丸重量,与去地距离为逆比例,渐渐减轻,譬如有一件物体,全不加力而落于地面,则一秒时,落下五尺;然照离地渐高,落下渐慢的公理推去,则离地二十五万七千五百四十二英里时(即月与地之距离),那堕落尺度,自然大减,竟同不动一般了。所以使硝药力胜得地球吸力，则我们的鸿业，必得成功，毫无疑义的。"少将道："这却有点难处。"社长道："诚然诚然！这激发力，同大炮的长短及硝药力相关，所以应把大炮的大小长短论定。虽是古来大炮，总没越过二十五尺，我们却不必拘此为例。况且大炮短小，则弹丸在空气中飞路加长，故总以非常长大为妙。"少将应道："然则应长几许呢？寻常大炮之长率，约弹丸直径的二十倍，或二十五倍；其重量是二百三十五倍，或二百四十倍。"麦思敦大声道："不够！"少将道："据这比例，则直径九尺，重二万磅的弹丸，其炮该长二百二十五尺，重七百二十万磅。"麦思敦又大声道："可笑得很，这是手枪了！"社长也笑道："正是呢。我的愚见，就再加上三倍，造个九尺长的，还恐未足。"少将道："把如此巨炮，用车转运的方法，阁下似未虑及？"麦思敦道："真可谓奇想天开了。"社长道："并无方法，然而想在炮身上加许多铁轮，埋在地里，用大石或漆灰装置坚固，至于铸造大炮时，该精细穿成一直线炮孔，弹丸同炮孔之间，教他间不容发，则火药向横边的激发力，便可变为前进力了。"少将道："炮膛中不用螺旋线么？"社长道："此次所用弹丸，不比战争，唯有第一速力，最为要着。从螺旋炮中出来的弹丸，不是比没螺旋炮中出来的慢多么？"少将点头称"是"。此时已议论许久，大众都觉饥饿，只得停会，各人用膳。不一刻，渐渐归坐，重新议论起来。社长道："铸炮的金属，不可不有最大粘力，及强坚易熔等质，该用什么呢？"少将答道："必须如此，然因为数过巨，反觉难于选择了。"大将穆尔刚道："有种最好的混合金属，是用铜百分，锡十二分，黄铜六分合成的。"社长道："这种金属，虽极合用，无奈价值过贵，不若用熔铁罢。价值既廉，熔铸又易，就用沙模也铸造得。不但经济上简便，并省却许多工夫。听说从前围阿兰陀的时候，用铁制大炮，二十分时，放射一千次，还没一丝破损：如此看来，这熔铁是最适当的。"社长一面说着，一面对麦思敦道："厚六尺，穿过直径九尺炮孔的铁炮，该重多少，请算一算罢，麦思敦君！"麦思敦毫不踌躇，即刻答道："六万八千四十吨，其价每磅二钱，共二百五十一万七百另一圆。"众人听了，大惊失色，都目不转睛地觑着社长。社长会意，便道："昨日已对诸君说了，这数百万元资本金，都在兄弟手中，可以不必过虑。"社员始各安心，约定会期，忻然散去。次日再把硝药决定，就算圆满功德。那月界居民，免不得要——

吴质不眠倚桂树，泉明无计觅桃源。

要知后事如何，且看下回分解。

第五回　闻决议两州争地　逗反对一士悬金

前回说过，弹丸大小，及大炮长短，不费两日工夫，都已议定，所缺的只有硝药问题了。世人都想先晓得决议如何，热心探问的，不知多少。然而不晓得火药的道理，就是坐在傍听席上，也不免头绪毫无，味如嚼蜡，不若趁此时尚未开议，先把火药起原，说给诸君听听，这火药起原，有说是上古时中国人发明的，有说是千四百年时，僧侣修华之发明的，然都是后来臆说，不足凭信。唯从前希腊国曾用过硝石与硫黄和合的烟火，却是史上确据，凿凿可信的。此外还有一层紧要的，就是火药之机械力，凡火药一里得（量名，计重二十一磅），燃烧起来，便变成气质四百里得。这气质又受二千四百度热力的振动，质点忽然膨胀，变了四千里得。如此看来，火药的容量，可以骤然增至四千倍，所以把炮孔闭住的时候，这里边激发力之强大，就可不言而喻了。是日会议，首先发论的，是少将亚芬斯东。少将在独立战争时，曾当火药制造厂主任之职，故关于火药的理法，无所不知。他说道："余先把经验过的事业，略举一二，做个计算的基础罢。如旧制二十四磅弹丸，是用火药百六十一磅发射的。"社长大叫道："确实么？"少将道："实是如此。还有安脱仑格的八百磅弹丸，只用了七百五十磅火药；洛特曼哥仑比亚炮，用千六百另一磅火药，把半吨弹丸，射至六英里之遥，这皆是亲身实验，确凿无误的。"大将在旁，也帮着说毫无差误。少将又道："如此看来，这火药容量，明明不依弹丸重量而增加的。据二十四磅弹丸，用百六十一磅火药算来，半吨弹丸，该用三千三百三十一磅火药；然而只用千六百另一磅，不是铁证么！"麦思敦怔怔地看着少将道："亚芬斯东君！把阁下说的道理，扩而充之，则具无上重量的弹丸，定然用不着火药了。"少将忍不住又气又笑，大声说道："麦先生，如此紧要的时候，你还播弄人么！我在独立战争时，实是试验过的：最巨大炮所用火药，只要弹丸重量的十分之一，便能奏效了。"大将道："其实如是。然我的意见……"少将不等说完，便接着说道："还该用大粒火药，因颗粒稍大，则堆积起来，空处便多，易于发火。"大将道："只是损害大炮，未必有甚益处。"少将道："果然不免有些损害，然而此次事业，只要发火迅速就佳，所以还可用得。"麦思敦道："不若多设火门，以便几处同时发火。"少将道："铸造时必然为难，还是用大粒火药的好。那洛特曼氏哥仑比亚炮用的火药，颗粒有栗子般大小，单是从铁锅中烧干的柳炭制成的，质既坚固，又有光泽，内含轻气淡气很多，发火亦易，虽炮膛略有损伤，然炮口倒决不会破裂的。"是日社长并没多说，只是默默地坐着，静听大众议论，听到此处，突然问道："究竟用多少火药呢？"三个社员正谈得高兴，忽然来个不及料的问题，都面面相觑，不能立时答应。大将想了良久,才说道:"二十万磅。"少将也接口道:"五十万磅。"麦思敦大声道:"该用八十万磅。"三人挨次说完,便默然不语,社长慢慢说道:"诸君!据'大炮抵力实无限量'这句原理,直可吓煞麦君,并证明麦君推算,未免过于懦怯。我想所用火药,该八十万磅的二倍才是。"麦思敦大呼道:"一百六十万磅么?"社长道:"是的!火药百六十万磅,其容量凡二万立方尺。我们所造大炮的炮膛,不过五万四千立方尺,装上火药,炮膛便所余无几,不能有很强的激发力加到弹丸了,所以大炮若无半英里之长,是断断不行的!"大将道:"这怎好呢!"社长道:"唯有存其力而减其量之一法而已。"大将道:"果然妙法,然怎能够呢?"社长答道:"把这巨大容量减至四分之一,亦非难事。凡一物含有多种原质者,世上极稀,是尽人知道的;然而棉花却内含许多原质,若浸入冷硝强水时,便生出难熔,易烧,爆发等性,这是纪元千八百三十二年顷,法国化学家勃辣工拿氏发明的,名曰'奇录特因'。到千八百四十二年,舍密家司空培英氏始用之战争,那叫'湢录奇儿'的,就是此物了('湢录奇儿'译言'棉花火药')。至于制法,倒也颇为简便,唯将干净棉花,浸入硝强水内,经十五分钟后,尽行取出,用冷水洗净,缓缓晾干,就能应用了。"大将道:"果然简便得很!"社长又道:"这种火药,无潮湿之患,大炮装药后,不能即刻放射的,用之最佳。且遇着一百七十度的热度,便立时发火,其燃烧之容易,直同点火于寻常火药一般。"少将拍手道:"好,好!可惜……"麦思敦连忙道:"勿愁价贵!"少将便不言语了。社长道:

"用寻常火药，百六十万磅，若代以棉花火药四百万磅，就尽够了。每棉花五百磅，可压成二十七立方尺，所以四万磅棉花装入哥仑比亚炮时，不出百八十尺以上，装弹丸的地位，便绰有余裕了。"此时麦思敦早已如飞的离座起立，手舞足蹈起来，闹得大众都难静坐。幸而会议既毕，便趁势闭会，渐渐散去。于是三大要件，都已决定，所余者只有置炮的所在，未曾议妥。据侃勃烈其天象台回书道，大炮应向天心放射，而月球非纬度之零度与二十八度间，则不经天心；所以议决铸造哥仑比亚巨炮该在地球上什么所在的问题，亦颇紧要。到了十月二十日，社长重复腾出工夫，召集社员，拿着一册合众国地图，且翻且说道："诸君，我们起业的所在，该在合众国版图中，是不消再说的。幸而我合众国正亘北纬二十八度，请细看这页地图，这狄克石与莆罗理窦南方全部是最好的。"社长说完，大众多半同意，立时就决定在两处之中，任择一处，行铸造巨炮的事业。原来二十八度的纬线，乃是横截美国海岸的莆罗理窦半岛中央，入墨西哥湾，于爱耳白漠，米斯西比，路衣雪那，恰成弓状，沿狄克石而成角度，横断梭诺拉，加利福尔尼，以迄于太平洋。这莆罗理窦南部，并无繁华城市，只有几个小砦，是为防漂流土人之攻击而设的。其中的天波地方，原野荒芜，人烟寥落，是好个兴行工业的所在。狄克石却并不然，人口很多，繁华的城邑，亦复不少，只有纬度，甚为相合。这日枪炮会社的决议，传扬出来，不料惹得两处人民，起了极烈的争竞，各举代表人，连夜赶进拔尔祛摩府，把会社团团围着，甲道请到我们这里去；乙道该到我们这里来：互相竞争，两不相下，甚至执着兵器，横行街市。会社社员，怕闹出事来，都怀忧惧，幸而两处人民，把竞争场都移到新闻纸上，纽约府的《海拉德》及《芝立宾》新闻，是左袒狄克石人民的；《泰晤士》及《亚美利坚立日》是都帮着茀罗理窦的人说话。这边狄克石人联合二十六邦，还自负着产物精良；那边茀罗理窦人，也与十二国同盟，常说沙地平旷，宜于铸炮，在新闻纸上，揭载数日，终没分出胜负，看看竟要械斗起来。亏得调数队民兵，到来弹压，才觉渐渐平静。社长百忙中忽遇如此风潮，也不免束手无策。加之各种书信，雨点似的递来，把书室里面，堆成一座小阜，这也是两处人民寄来，内中无非都夸奖本地风光，要请他兴铸炮的事业。社长没奈何，又召集同志，细细推敲。而社员的意见，都不相同，仍然不能结局。社长独自想去想来，决意择茀罗理窦同天波间地方。哪晓得狄克石人听了，个个暴躁如雷，强迫会社社员，定要改变这番决议。幸而社长的口才生得好，设法慰谕劝解，好容易才慰解转来，都点头应允，坐着一点钟走三十英里的临时汽车，回狄克石去了。如此万苦千辛，才把天文、机械、地理三个大疑问，渐次决定。美国人民，都不胜之喜，无论民家、旅店、茗馆、酒楼，所议论传说的，不是月界旅行的大事业，便是社长巴比堪的言论行为，个个磨拳摩掌，巴不得立时訇的一声，看这颗大弹丸向月界如飞而去，便好拍手大叫，把多日的盼望热情，向长空吐个爽快罄尽。话虽如此，这热情像怒涛般的人民中，终不免有主张反对者，羼杂在内。此等人或生性拘迂，或心怀嫉妒，某诗说什么，"高峰突出诸山炉"，这是在在皆是的。即如社长巴比堪，学问渊深，是不消说，便是月界旅行的问题，也算得剖析详明，毫无疑窦了。谁料正在殚心竭力，惨憺经营的时候，忽然跳出一个人来，拼命攻击，竟说得一文不值。你道懊恼不懊恼呢！若是个庸碌无能的，便加几千万倍，也无妨害；无奈这人，正是美国的硕儒，社长的敌手，家居飞拉特非亚，名曰枭科尔，学术精深，性情勇敢，草成数十篇驳论，揭在各种新闻纸上，痛说社长不明炮术的原理。可惜的是过于激烈些了，所以反对起来，未免不留余地，有一篇驳论的大略道："任何物体，有令其速力每秒得万二千码之法耶？即具此速力矣，而若干重量之弹丸，必不能越我地球之气界。设更进而谓有与以如此速力之方法，则蕞尔一弹丸，宁能支百六十万磅火药所生气质之压力乎？借曰能支，亦必不能敌气质之大热度。其出哥仑比亚炮口时，必将熔解变形，飞铁成雨，灼灼然喷薄于观者之头矣！"云云，可喜的是社长连日甚忙，接了驳论，并不理会。若在平日，定要争辩起来，或竟两下会面，则两人性质，都是一样激烈，闹出不测来，都不能料的。然而枭科尔却仍不干休，又把论锋一转，说什么"会社之大业，危险与否姑勿言；而近地居民，必因是而蒙不可名状之巨害。且若不幸而弹丸不入月界，复堕地球，则地球虽不至于破裂，而世界人民，因是而蒙如何之巨灾，实有难于逆料者。故抑制因游戏而殃及全球人民之事业，不得谓非我政府之义务也！"等语，絮絮滔滔，说个不了。幸而还只枭科尔一人，此外并没人随声附和，倒省却会社社员，四处作书辩解的许多气力。枭科尔没法，竟开列五条用金赌赛的条约，登在《栗起蒙德》新闻纸上，说若不应其言，便把这项巨资输与枪炮会社，那金额是：

第一金一千圆　会社大业之切要资本未经筹定。

第二金二千圆　铸造九百尺大炮不能告成。

第三金三千圆　哥仑比亚炮内之棉花火药，因弹丸重量而爆发。

第四金四千圆　哥仑比亚炮于第一次放射时，忽然破裂。

第五金五千圆　弹丸不能升至六英里以上，发射后经数秒时而堕落。

共计悬了一万五千圆的巨额彩金，要同会社决个胜负。若是没学问的顽固起来，倒不打紧，唯有那有学问的顽固起来，就顽固得不可救药，这臬科尔就是个铁证了。登报的次日，枪炮会社社员，便修一封解辩驳论的书信，交邮局带去。这封书信，给臬科尔收将起来，作者未曾寓目，故而不能将全文录出，给诸君一阅；唯听说是委婉周详，言简意尽的。正是：

啾啾蟋蛄，宁知春秋！唯大哲士，乃逍遥游。

要知后事如何，且听下回分解。

第六回　觅石丘联骑入山　鼓洪炉飞铁成瀑

然而资本一事，却果甚烦难。若预算起来，如铸炮、建厂、造药等，约需五百万弗左右。忆从前南北战争时，因用值一千弗的弹丸，已声动全世界耳目。此番工业，却加上五千倍，真非一家一国所能独立措办得了。哪晓得社长却早成竹在胸，预先已草就一张募启，说道：探月大举，实于世界万国，均有鸿益，且亦诸国应尽之义务，不可旁观云云。交邮局分寄亚、欧、非各处，并在拨尔祛摩设一所募金总局，此外分局，更难枚举。果然不到三日，美国各地捐金，已满三百万圆之谱；尚有从各国寄来，络绎不绝。那各国是：

俄罗斯	三十六万八个七百三十三萝卜
法兰西	一百二十五万三千九百三十佛郎
奥地利	二十一万六千勿罗林
瑞典瑙威	五万二千弗
日耳曼	二十五万打儿
土耳其	百三十七万二千六百四十比斯多
白耳义	五十一万三千佛郎

丁抹	九千求卡
意大利	二十万黎儿
葡萄牙西班牙等	若干
总计	五百四十万六千六百七十五弗

霎时间募集了如许重金，会社事业，早已十分巩固。至十月二十日，便为纽约府司泼灵商会，订定合同，社长巴比堪同司泼灵制造局长飞孙，各捺了印章。交换毕，就将设置望远镜的费用，交给侃勃烈其天象台；制造铅弹，托了亚尔白尼的布拉维商会；自己却偕麦思敦，亚芬斯东并司泼灵制造局副长，向茀罗理窦进发。翌日，四人到纽械林地方，换坐丹必哥汽船，霎时鼓轮前进，回顾路衣雪那海岸的绝景，渐觉依微，同残烟而消失了。不满三日，已越四百八十英里，遥见茀罗理窦海岸，宛如一发，青出波涛间，旅客皆拍手称快。少顷泊岸，四人鱼贯而登。细察地形，颇见平坦，草木不繁，沿岸有一带细流，海老牡蛎，繁殖甚伙。迨至十月二十二日，午后七时，船入三多港，四人上陆，天波居民，来迎者几三千人，延入弗兰克林旅馆。社长道："我们无暇闲居，明日黎明，就要探捡地势的。"众人答应。第二日清晨，果有茀罗理窦骑兵一队，军装执铳，待立门外，一则保护社长，一则导引路途。社长等四人，跨马居中。有一少年道："此处是有'奢米诺儿'的。"社长不解。少年又道："这就是漂泊平原的蛮夷，劫物杀人，无所不至。我们五十人，便为此而来的。"麦思敦不信道："未必有罢。"少年道："实是有的。"社长忙道："诸君高谊，可感之至！然从前虽有，今日已

无,亦不可料。"诸人谈笑之间,不觉已过爱耳非亚河畔,再策马向东而进。……这莆罗理窦地方,本为雷翁所发现,初名摆襄莆罗理窦,以高燥得名。行进数里,渐见地质膏腴,绿畴万顷,欣欣草木,均有迎人欲笑之状。其他烟叶木棉,蕃椒松杉等,森然成林,极目一碧。社长大喜,回首说道:"非如此地形,断不能作置炮场的。"麦思敦道:"因与月球相近么?"社长道:"否,否!君不知土地高燥,则兴业更宜。若不然,掘一深坑时,水忽涌出,就难办了。"麦思敦点头称是。到午前十时,不觉又行了十二英里,深林郁郁,不见日光,更有蜜柑,无花果,橄榄,杏,甘蕉,佛手柑等,幽香缕缕,随微风扑鼻。观树下幽禽成队,婉转飞鸣。麦思敦及亚芬斯东两人,对此天然美景,不觉点头太息,疑入仙源,勒马不复前进。无奈社长无心眺望,只促趱行,只得加上一鞭。又过了许多沼泽。社长忽大声道:"幸而我们已到松林了。"亚芬斯东道:"怕就是野蛮的巢穴呢。"说还未毕,果见野蛮一大队,奇形怪状,执刀驰来。然见社长等无加害之意,又有骑兵保护,也就呼啸一声,四下散去了。又前进一里余,已到一岩石高原,草木不生,日光如火,而地势却甚高燥。社长勒马问道:"此地何名?"莆罗理窦人答道:"司通雪尔(译言石丘)。"社长默然下马,取测量器械,细测置炮场所。诸人肃然正列,寂无微声。少顷,社长道:"此地高于海面千八百尺,约北纬二十七度七分,华盛顿子午线约西经五度余也。岩石既多,又无草木,宛然造化预造,以供我们试验之用似的。"大众听了,都欢喜无量,拍手赞叹,欣欣然归了天波。此外有许多社员工人，尚留住在司通雪尔，预备兴工诸事。机械师马起孙，坐丹必哥汽船，运造器械工人，由纽械林进发，过了八日，到三多港，工人都带妻孥，像迁居似的，万分杂沓；外加工作用的器械等，直到五六日后，方才搬运完毕。十一月初旬，社长亦到，筑一条十五英里长的铁路，以联络司通雪尔与天波两地消息。又在石丘周围，建造铁屋，外围铁栏，竟同一座小都府无异了。准备完后，又把地质调查多次，遂定于十一月四日开工。是日召集工人，聚立一处，社长演说道："召集诸君，到如此荒僻地方的意思，想诸君早已了然，不必再说。须说明的，是此番工业，最小也应铸直径九尺厚六尺的巨炮，故其周围，当筑厚一丈九尺五寸的石壁。据此算来，则大坑直径应宽六十尺，深九百尺。而此工业，复必须在八个月告成，即每日应凿二千立方尺也。还祈诸君努力！"说毕，作礼而退。至午前八时，遂各开工。工人凡五十名，每三小时，换班一次。起手六英尺，纯是黑泥；次二尺，都是细沙，质甚纯净，可作铸炮模型；其下为一种黏土，颇与英国白垩相类；深约四尺，再下便是坚土，须兴凿石工业了。如是逐日作工，顷刻不息，到翌年的六月初十，居然共成。四周均砌石块，底面是排着三十尺长的木材，比社长豫约时期，反早了二十日。社长社员，及机械师马起孙，见竣工之速，都喜出望外，夸奖不已。……再说这八个月间，一边凿坑，一边便连日运铁。以前第三回会议时，应用熔铁一事，已经社长决定，此铁黏质最多，用石炭融解后，比他种金属更好。所以大炮汽机及制书机等，凡要极大抵抗力者，大都用此。然铁质熔解后，原质不能不变，若要他复原，必须再融一次。故这回用的铁质，系先拣极佳铁矿，在司泼灵制铁厂大反射炉内熔化，再加石炭，并含水矽养，添助最高热度，且分离杂质，便成了纯净的熔铁，于是铸成长条，共重一亿三千六百万磅。厂主早在纽约府拣选船舶，共借得体质坚牢，容积千吨的六十八只，装满熔铁。第五月三日，便由纽约一齐开轮，但见黑烟卷水，白浪掀天，电吼雷鸣一般，破万里浪而去。本月十日，已溯三多港，直至天波的港湾，也不纳税，安然上陆，渐渐运至置炮场近地。这大坑四边，已设立大反射炉一千二百座，每炉相隔三尺，各容熔铁十四万磅，距坑六百码，算计周围，共长两英里，炉式系不等边平行方形，上有椭圆承尘，全用不融青石砌成，以便焚烧石炭；下置熔铁，底面倾斜三十五度，可以令已熔的熔铁流过笕筒，注入坑内……。却说大坑凿成的次日，社长便令在中心筑造圆柱，系用黏土细沙两种混合后，再用切短藁草，羼入搅匀，便能格外坚固。高凡九百尺，对径九尺，与炮孔粗细相同；离坑边六尺，亦与炮身的厚薄相等。周围绕着数十个铁轮，系在坑边的铁纽，令圆柱悬挂当中，毫无偏倚。到六月八日，圆柱也告成功，遂议定次日铸铁。麦思敦忽问社长道："铸造大炮，岂不是大礼么？"社长道："自然是大礼，然不能算公众的。"麦思敦又问道："铸炮之日，听说君想闭栅，不准外人参观，可是真的？"社长道："真的。我想铸造哥仑比亚炮时，虽没危险，然工业却甚精密。众庶杂沓，狠不相宜。发射时也是如此。"社长话虽如是，其实此番工业，真有万分危险，若众人喧哗起来，惹出大祸，也未可料的。所以终以不许参观，使工人得运动自由，不误工作为妙。到铸炮日期，果然除会社委员外，不许外人阑入，那委员中最有力的是：

毕尔斯排　汉陀　大佐白伦彼理　少将亚芬斯东　大将穆尔刚

当时麦思敦居先，导引诸人，察看器械库，工作局诸处，迨把千二百座反射炉一一看完，诸人早已目眩神疲，不能再走了。此时各炉中，已分装熔铁十一万四千磅，将铁条纵横排列，令火焰易入空隙，热力更猛，又因铁汁入坑，非在同时不可，另备信炮一尊，以传号令。倘信炮鸣时，便把这千二百座反射炉的漏孔，同时拽开，使炉中铁汁，齐注坑内。诸事准备已完，大众权且休息。到次日黎明，各炉一齐举火，上有千二百支烟筒，下有六万八千吨石炭，只见齐吐浓烟，霎时间已如黑绒天幕，把太阳光线，遮得一丝不露了。加以炉内热力无量，直冲空际，鸣声如雷，火光闪灼，又有通风机械，召集天风，增加势力，吹得呼呼作响。炉中熔铁，便沸滚起来，渐与空中的养气化合。此时工人，都已挥汗如雨，喘息不已，连站在远处的各委员，也都头晕眼花，热不能耐，眼巴巴地只望信炮一声，当服清凉良剂。然而铁质虽融，其中尚含有许多杂质，必待分离以后，方能注入。好容易才听得自鸣钟锵锵地打了十二下，信炮忽响，硝烟一缕，直上太空，千二百座反射炉中的铁汁，登时齐由笕筒奔出，如尼格拉大瀑布一般，明晃晃直落在九百尺深的坑内。声如巨雷，土地震动，霎时间黑烟卷地而起，直上霄汉，把近地草木，都摧残零落，如遭飓风。复从炮心圆柱中逼出一股水气，酿成浓云，恰如盛夏时顽云蔽天，暴雨将至情景。各委员虽然胆识有余，无所恐惧，然而不知不觉地皮肤上生起粟来，颤动不止。还有荸罗理窦近地几个野蛮，都疑火山喷火，吓得漫山遍野，奔避不迭。正是：

  心血为炉熔黑铁，雄风和雨暗青林。

要知铸造哥仑比亚巨炮能否成功，且待下回再说。

第七回　祝成功地府畅华筵
　　　　　访同志舵楼遇畸士

　　前回虽说过铸造大炮的盛况，然而毕竟能否成功，却非经许多时日后，不能确定。诸社员各执己见，推测将来，有说可以成功的，有说不能成功的，嚣嚣然连日不息；然总之都是空谭，毫没证据的。过了旬余，烟焰未息，宛如极大圆柱，屹立地面，其柱端直接着云脚，随风荡漾。而地面又因受了铁汁的热力，渐渐发热，在二百尺之中，不能驻足。社员如热镬上蚂蚁一般，只在四傍团团乱转，近不得一步。至第八个月，十日，麦思敦心中，大不耐烦起来，高叫道："从今日至十二月间，只有四个月了，我们的大业，怎生是好呢！"社长听了，默然不答。诸社员也没主意，都看着社长举动，虽然不言，却并无忧闷之色，仿佛可保成功似的，方才把心放下。此时地面热力，已日减一日，从二百尺减至百五十尺，又减至百尺。到八月十五日，黑烟也渐淡薄，三四日后，仅吐一缕轻烟，浮游空际而已。社长大喜，于八月二十二日，召集了同盟社员及机械师等，走至大坑左近，热力已消，按地上铁块，亦不觉热。社长仰天叹道："呜呼，上帝佑我，把巨炮铸成了！上帝佑我，把巨炮铸成了！"即命再兴工业，将炮内圆柱取去，并把炮膛磨光。然而内部泥沙，经热力激压后，非常牢固，虽有凿孔钻，鹤嘴锄等件，都是蜻蜓撼大树，动不得分寸。后来借了机器的力量，才将泥沙渐渐掘出。迨至九月三日，居然十分清净。社长又加添工资，以奖励工作，命磨光炮膛。俗谚说："有钱使得鬼推磨。"工人等见加多工资，自然尽力去做，不到四周间，已磨得像一间镜室，四壁晶莹。竟不待十二月，已见伟大无敌，一望胆寒的巨炮，功行圆满了。其时诸会员，不知不觉的满面笑容，手舞足蹈。而麦思敦更是忻喜欲狂，忽跃忽踊，仰视苍苍的昊天，俯瞰杳杳的地窟，一失脚，跌入炮孔中去了。——这炮孔深九百尺，跌下去时，不消说是血肉横飞，都成齑粉。麦思敦未立奇功，先成怨鬼，你道可悲不可悲呢！然幸而白伦彼理正立身傍，连忙揪住衣襟，提起来掷于地上。麦思敦本是口不绝声，专好戏弄人的，至此时也只喊一声"啊呀"，默然睡倒了。众人见他如此，都跑过来，扶起麦思敦，贺再生之喜。有的嘲笑他道："君如先到地狱旅行，把口上生成的巨炮一发，便可震破鬼族的耳膜，将来我辈死后，不但阎罗耳聋，不能得一正当的判断，便是对旧鬼谈天，恐也不能够了。"说毕大笑。不表大家欢喜，且说此时有一最失意的，就是那主张铸炮不成的臬科尔老先生。十月十六日，照条约上第一二两条，把彩金三千弗，交给社长。人说他从此染病卧床，多日不出。然条约五条中，尚有三条，合计十三千金，未决胜负，此时虽输去三千，那三条尚不知鹿死谁手，又何必忧愤至此呢！不知枭科尔的意思，却并非在金钱上着想，实因铸炮之成否，与一生的名誉有关，今见自己议论龃龉，又羞又愤，不觉成疾。凡世上好名之人，每每如是，无足怪的。……至九月二十三日以后，社长令开丘外栅门，许众人进内游览。栅门开处，有许多老幼男女，早已蜂拥而来，把偌大石丘，满满的占了个无立锥之地。而天波市至石丘间一带地方，犹复车马络绎，喧嚣不可名状。亦可想见美国人民热心的景况了。然各人热心，却非从大炮成后而起的，当初铸造时，各处人民，来看铸铁景象的，不知多少；无奈社长坚闭栅门，不容进内，众人拥挤栅外，但见黑雾蒙蒙，上冲天末，急得像索乳的小儿一般，乱啼乱跳，呼着社长的名字骂道："我们最公平的美国人民中，为甚有如此不公平的事呢！"众人齐声呐喊，几乎有推翻铁栅，冲进巨丘之意。社员皆栗栗危惧，恐肇大祸，然社长却毫不动心，把华盛顿独立战争时，在硝烟弹雨中，指挥大军的手段，施展出来，唯督责作工，此外诸事，均付之不闻不见，倒也平安无事地过去了。后来社长见大众热心欲狂，仿佛有仅入石丘，尚未满意；苟能一游炮膛，则虽死无憾的情况，于是开放栅门以后，再造许多大笼，上连绳索，用滑车下垂炮底，收放均用汽机，运转不费人工。另写许多告白，粘贴栅外道："欲进炮内游览者，每人收资五弗。"那边告白还未贴完，这边汽机已不暇应接。不到两月，已收入五十万金。会社中又得了许多补助。据此看来，倘大炮发射时，不知更要加多几亿万倍。有人说，若到是时，欧洲各国人民，必当群集海峡（谓天波）；而欧洲忽成旷土，以致美国地租，非常腾贵云云。虽系过言，亦非无理的。二十五日之夜，社长创议在炮底开一落成祝宴，以电气为镫，光彩灿然，照彻四壁。中置大桌，上复绒毡，社长巴比堪，社员麦思敦，少将亚芬斯东，大将穆尔刚，大佐白伦彼理，及社员等十余人，均坐笼中，徐徐垂下。少顷，中国的花纹瓷，法国的葡萄酒，皆由地面上直送至九百尺之下，罗列满案。社长等相视大笑，拍掌称奇。酒至半酣，渐渐喧笑起来，有歌的，有叫的，有抛蒸饼的，有掷酒杯的，到后来竟个个行步蹒跚，口里不知说些什么，唯闻嚣嚣然的声音，充满炮内。从此点反应彼点，或由此处传达彼处，忽出炮口，宛如平空起了霹雳，在地面上的听了，都拍手呐喊，欢声震天；挟着地底里的声音，轰轰不绝，霎时间把一座石丘，竟变成大歌海了。社长等听得分明，也十分欢喜。那麦思敦更觉气色傲然，或饮或食，忽踊忽歌，大有"此间乐不思蜀"之意。直至曙色苍然，方才散会。从此诸事告成，只待发射弹丸一事。然众人经此两月，恰如数十星霜，焦急欲死。诸新闻馆，各派访事员数名，探听消息，凡一举一动，无不详细登载，众人争先购读，新闻馆因此致富的，颇为不少云。……至九月三十日午后，社长处得一电报，系经过白隆西亚与纽芬兰间海底电线，又过亚美利加大洲线直达天波的。社长拆开看时，唇忽发白，两目昏花，像十分惊疑模样。那电报道：

"圆锥形弹丸，可改作正圆形。余将驾以探月界，故今日已乘阿兰陀汽船，由此启行。九月三十日四时，由巴黎发。密佉尔亚电。"

电报如此，亦甚平常，社长为甚惊疑至此呢？不知以前由邮局寄来信件中，如此者正复不少，然无非都是嘲笑会社的事业罢了。此番却用电报告知，有十分郑重之意。难道世界上，竟有这许多视生命如土芥的大人物么？于是召集社员，把电报朗诵一遍，问道："诸君以为何如？"诸社员想了好一会，有的说是嘲笑，有的说是滑稽，唯麦思敦默然不语，待众人说毕，忽大声道："诸君意见，虽纷纷不同，然亚电氏的志气，亦可谓大极了。"诸社员都不能答，只得怅怅的散去。且不说社员怀疑，便是近地居民，也私有许多议论，没到半日工夫，密佉尔亚电的声名，已传遍亚美利加全国了。然有无其人，则尚是一个哑谜儿，不能猜破。每日寻社长问消息的，不知其数；后来竟像观剧一般，拥挤不开。其中有人伸着脖子问道："亚电氏从法国启行了么？"社长在宅内应道："尚未分明。"那人又问道："我们是为探听确信而来的。"社长道："到那时便知确信了。"然而众人尚不肯散，纠缠不休。又问什么改变弹形，什么亚电的电报，社长被缠不过，只得整冠出门，带领众人，到了电报分局，发一电给烈伯布儿的货物保险会社社员道：

汽船阿兰陀，何日由欧洲启行？其旅客中，有法国人名密佉尔亚电者否？

发电后，社长等便坐在局中。不到两点钟，果然得了回电，上写道：

汽船阿兰陀，于十月二十日由烈伯布儿开行，向天波市进发。查该船旅客名氏簿中，有一法国人，名密佉尔亚电者。

接到回电后，大众才放心散去。社长胸中的疑团，也霎时雪消冰释，连忙发信至布拉维商会，命把制造弹丸一事，暂停数日，待亚电到后，再作商量。至十月二十日午前，遥望海面，果有淡烟一缕，在若隐若现之间。未及正午，已见一艘巨大汽船，樯头锦旗，随风飘动，直入三多港，唯留下一道黑烟，蜿蜒天半，其行如矢，忽过赫耳波罗湾而去。将到天波市，轮动渐缓，少顷已至码头，刚要抛锚时，早有无数小舟，团团围住，争先跳上汽船，招揽生活。其中没命第一个跳上的，便是社长巴比堪。未到上面，即放声大叫道："亚电君！亚电君！亚电君何在？"连叫数声，竟无应者。社长心慌，跑至舵楼边，竭力大叫。忽闻舵楼上有长啸声，且答道："余在此耳！"抬头看时，则其人年约四十，体格魁梧，头圆额广，黄发垂肩，如狮子鬣状，鬚赤黄色，纵横两颊间，眼圆而锐，唯略如近视，在楼上或左或右，运动不止，忽而自啮指甲，忽与傍人谈笑，其气力之活泼，真一探捡月界的好身手也。社长忙登舵楼，远远的喊道："今日见君，实侥幸之至！"那人也跑过来，握一握手。社长正欲述自己意见，并问亚电来意，不防天波居民，竟海潮般的涌到面前，围住亚电，乱叫狂呼，虽听不清说些什么，大约是赞美的意思。亚电及社长两人，挤在当中，连气也喘不得一口。好容易才分开众人。躲入亚电房内，关上门，喘息一会，亚电先问道："阁下就是巴比堪君么？"社长答应。亚电又道："好好！君无恙乎？"社长道："幸无恙！君真决意往月世界去么？"亚电笑道："如素无坚强不屈之志，那有远来此地之理呢！"社长道："君此次远行，妻子等竟没留难么？"亚电道："没有没有。我电报到后，君已把弹形改革否?"社长道:"此事必当与君斟酌,故得来电以后,望君如大旱之云霓。今幸君至,想必早有卓见了?"亚电道:"余幸逢君,与此伟业,得旅行月界的机缘,岂非无上幸福么!故于弹丸一事,久经思索,颇有所得的。"社长见亚电临危不惊,谈笑自若,真有侠男儿的气魄,心中已十分敬服,便道:"余知君必有高见。"两人宛如久别的良朋,各诉抱负,娓娓不倦。亚电又道:"余此来颇有许多鄙见,欲向大众一谈,如君以为无妨,乞明日召集亚美利加全国人民,开一大会。余将陈说意见,对付驳论,以破众人之惑。乞君为我谋之!"社长点头称善。即出房告了大众,都拍手大喜,欢声如雷。麦思敦怪声怪气地大叫道:"呜呼!不料今日,竟遇着绝世侠男儿了!把我们去比较这种勇敢欧人,怕还不及一弱女子呢。"此时社长又安慰一番,并劝众人散去。遂复回至亚电房中,讲了许多闲话,方才握手作别。那船上自鸣钟,正当当地打了十二下。正是:

幸逢宾主皆倾盖,独悟天人一振衣。

要知第二日盛会的情形,亚电的雄辩,须听下回分解。

第八回　温素互和调剂人生
　　　　天行就降改良地轴

　　却说汽船到着的翌日，便是大会。社长怕来听者好丑不齐，有妨亚电演说，想只准有学问的，入场辩论，其余一概屏绝。无奈人心汹汹，比火焰还烈，要是防止他，真比遏尼格拉大瀑布还难几倍。社长没法，只得拣一块大平原，约距天波市一里，想张许多帆布，遮盖日光。不料次日黎明，大平原上已无容足之地，那里还能张什么帆布呢！社长商议道："你看此等人，太阳未出的时候，我们去张帆布，他便连说'不要不要'，好像我们多事似的。到了上午，却要翻转面来，骂我们不周到哩！"果然，一到上午，日光渐烈，众人焦热不堪，便一齐责骂社长，其声如雷，轰轰地不绝。其人数不下三十余万，在前面的，尚能观听一切，其余则只听得喧哗的声音，看着无数的帽顶，宛如落在大旋涡中，转来转去，头晕耳鸣，却连那演坛的形式也看不见一点。少顷，忽然大众向两面闪开，让出一条大路，那边缓缓行来的，便是亚电。右有社长巴比堪，左是社员麦思敦，各着礼服，映着日光光线，缤纷四射，夺人目睛。三人徐上演坛,举目一望,但见无量黑帽,簇拥如波。亚电虽十分欢喜,却如平日一般,略无仓皇之色。此时大众微发欢声,赞美其志。亚电忙脱帽鞠躬作礼,又举手向下一按,是表明请众人镇静之意,便操英语说道:

"诸君不厌炎天,辱临兹地,余实荣幸无量!余既非雄辩者流,又未尝以博物家名于世,何敢在博闻多识的诸彦之前,摇唇弄舌耶!然窃闻吾友巴比堪氏所言,知诸君颇不以余为不足共语,故不揣冒渎。谨呈片言,以慰诸君子热望之盛情于万一。倘言语之间,偶有纰缪,尚乞勿罪!……诸君若闻余言,必以为不辨难易的大愚公,出现于世。然以余观之,则驾弹丸,作月界旅行的事业,征之理论实际,皆易成功。不见人事进化的法则么?其初为步行,继而以人力挽轻车,继而易之以马,遂有迅速的汽车,横行于世界;据此推之,当必有以弹为车之一日。及尔时,则诸感星与地球上通信之法,甚易处置了。然诸君至此,必曰奈弹丸之速力何?而余则以为如此速力,一无足畏,请观彼众星的速力,岂非远胜弹丸速力么?又此地球之载吾人以运行于太阳之周围也,实速于弹丸三倍,而与他感星相较,则宛如老人策杖徐步,与骏马之驰驱,其差异为何如?……"说至此,有人大呼道:"感星的速力,将来是增加抑是减却呢?"亚电道:

"其速力渐渐减却的。……诸君!或人脑小如芥,禁锢于地球之内,遂谓除此一块土外,必难转移他处,真是偏执已极了!此等人物,在今日虽呐呐诽议,而至将来,必如从烈伯布儿至纽约一般,有迅速、容易、安全三事，以得有彼月界于感星及他众星之自由。"

大众寂然无声，倾听法国侠男儿的雄辩。至此忽现惊异之色，如疑亚电之好为大言，故造奇语者。亚电早知其意，面含微笑，从容说道：

"诸君颇有疑虑之意么？假令余言皆虚，则所疑固非无理。然诸君曷不试算以临时汽车从地球至月球之日数乎？不过三百日耳。两球间之距离，不过地球周围之九倍耳，毫无可异者在，乃已如听《天方夜谭》，骇怪至此！设有人欲向太阳二十七亿二千余万里而运转的奈布青星以旅行，则君等将何如？且以爱克佉斯星距我数千万里之距离，想象地球与月球之距离，则君等又将何如？噫，近若比邻，而妄人乃曰何星与地球之距离凡几许，地球与太阳之距离凡几许，频说天体各个之距离，岂非背理之至么？……余就太阳系思之，此太阳系者，系坚固之实质体，组织之众感星，皆互相密接，所谓存在其间之空间，仅如金、银、铜、铂等至微极细的空间而已。故彼等所谓何星与地球之距离几何，太阳与何星之距离几何者，果何为乎？其间无真距离之可言也。诸君其思之否？诸君其思之否？"

语声未绝，忽有大呼者道："道星与地球间，无空间之存在耶！"则麦思敦也。亚电正想着下文演说，不备防忽地霹雳般的大声，直冲耳膜，大吃一惊，几乎从演坛落下，幸而连忙扶住，方免于难。若竟跌落演坛，则身负重伤，是不消说；便是喋喋辩论的无空间说，也可借从演坛落至地面的实有空间，而大悟彻底了。听众

口虽不言,而眉目间却显出嘲笑的影子。亚电知道人有嘲我之态,整一整衣,泰然说道:

"听众诸君,适所论地球与月球之距离,唯一细事,殊无足深思者。总之:不越二十年,我地球上人民之半,必能旅行月中,一新耳目。所憾余孤陋乏识,不能解释此极大问题,深用自愧!今乃屡蒙垂问,余不觉忻喜欲狂,遂至失仪,有渎诸彦,罪诚无赦矣。诸君若宥其罪,而再赐以问难,则余必竭所识以对诸君。"

演说者既表明解释疑问之意,社长见他勇气凛凛,力敌万人,十分敬爱,想把实验上的疑问,提出几条,互相问难,以鼓其气,便肃然起立,先述发明之事,令亚电注意,才说道:"我新交之良友乎,君以为月世界及他惑星中,必有人类栖住的么?"亚电微笑答道:

"社长阁下,蒙君不弃,垂询极大疑问,余幸何如!抑此疑问,虽布留佗,瑞典,巴格波儿等诸硕儒,犹不能究其蕴奥,况不学无术如余者乎!然仅就余所见言之,则当从穷理学者之说,以下见解,即由'宇宙间废物无形'一语想来,则彼世界必可供人类之栖居;既能栖居,则所栖居当必有人类。"

社长道:"此疑问未经确定,亦不能援引定理,唯由个人思之,自不能不生月球及惑星中,能否栖居之问题耳。故余之独断,则窃以为月球及惑星,乃人类可居之处也。"亚电道:"余意亦复如是。"两人问难之间,坛下众人,也各纷纷议论,甲发论,乙驳击,丙折中,声如鼎沸,而其多数,则皆执月界及惑星中无可居人类之理。

其说道："若人类欲栖居他世界中，则天授的性质，必当随惑星与太阳的距离而大行变革，否则或为大热力所炙，或为大寒威所虐，断无生存之理的。"亚电答道：

"余适与社长言，未及细听诸君之说，敢谢诸君，并乞少令会场静肃，余将表明反对之意见矣。盖余实将主张，彼世界适于人类之说，以搅破诸君之迷梦者也！余虽非穷理家，然亦略通其义。穷理家云：接近太阳的诸惑星，皆各含少许温素，其温素于轨道上回转之际，与远离太阳诸惑星的多温素，因运转之力，互相均和，得热力平均，以成适于有机体如吾人者可栖居的温度。设余真为穷理学者，余将曰：造化于地球上动物中，示特别生活状态之例甚多，如鱼，如水陆两栖类，其理均难索解。如栖居海中的一种动物，居极深之水底，受与五十或六十气压相等的海水压力，而身体毫无破碎之患。又如栖居水中的一种微虫，于温度全无所感，或在蒸腾如沸的温泉中，或在固结如石的冰海下，像鱼一般，游泳自得。彼造化制造动物，令之生活的方法，千汇万状，固非无理；而为吾人微智所能测者，仅可屈指数耳。然谓因惑星中热力，而动物遂难栖居，则余虽不敏，敢独排众议，力斥其诬者也。使余为化学者，余将曰：世有称雷石者，地球外物也，若分析之，其物质中，含炭素少许，据拉赫来排夫氏之精细试验，知其根源为有机体，且有生命之动物也。使余为神学者，余将曰：信圣保罗言，则神之救援人类的至爱，不仅在此地球，无量世界，无不普遍。然不幸而余非神学者，非化学者，非穷理学者，复非论理学家，不能知造化调和宇宙间物之大法，而唯想象于冥冥之中而已。以是于月世界及他感星中，适否人类栖居之问题，遂难解决。以不能解决故，余所以汲汲以求之者也！"

右演说才毕，大众已发声狂吼，轰然震天，恐虽两军交战，杀人如麻的时候，也未必有此壮观。其中有几个反对的，高声驳击，却被众人的声音遮断，亚电并没听到一句。其后叫声渐歇，那反对的也就不语了。亚电见无人出来反对，便又慢慢地说道：

"听众诸君，余以浅识，不足释社长之问，只就所见者略言一二而已。然余今所欲言者，非复感星中能否栖居人类之问题，尚乞垂听之！……余将对固守感星非人类可居之僻说者，略抒所见。夫诸君以细小之精神，指地球为至良无上的世界，岂不惧大背于理的么？即如诸君所熟知的，地球卫星，只有一个，而裘辟陀、乌拉纽、撒达恩、那布青等星的卫星，却有数个，那有劣于地球之理呢？抑此地球，因其轨道之平面二轴的倾向，而生昼夜长短之差，以苦吾人；又因其倾向，而生四季之差，以苦吾人。吾人所居的不幸之大球面，时而烈寒，时而酷暑。约言之：即交冬令，则僵冻欲死；入夏季，则头脑如灼。其尤不幸者，若骨节痛，若咳嗽，若气喘，若癫，病种万状，以苦吾人，甚至有苦不欲生，以早入鬼篆为快者。而如裘辟陀星等的平面则不然，回转之际，倾斜甚微，设有居民，则必因各带气候，终年相同，而得无垠之乐康，以消岁月。至其气候，此处常春，而卉木明媚；彼处恒夏，而炎阳逼人；甲部分则落叶瑟瑟，时打庭除；乙部分则积雪皑皑，永封谿谷。故裘辟陀星之居民，喜春阳者至春地，宜夏景者适热带，好秋气者居秋地，爱冬日者之寒带，各从所好，以养其生，岂非极大的幸福么！诸君试思余言，即可知裘辟陀星实优于地球远甚，而栖居其中的人类，与吾曹不幸之人类较，其才智体力，必当优胜之理，也就毫无疑义了。今于他事，姑不措问，吾人若欲如裘辟陀星一般，达于圆满之域，则不可缺者唯一事，即令回转之地轴轨道上之倾斜减少而已。"

此时只听得大呼一声，宛如夏日白雨之先，起个霹雳，其中有人道：

"若吾人人力所及，盍协力发明一大机械，以改良地轴回转的方法何如！"

说还未了，赞叹的声音，又如雷动。发言者为谁？则名轰美国的大滑稽家麦思敦也。凡美国人性质，假使果略有改良地轴法的理，他必凝无量功夫，造调理地球的巨大杠杆，扛举地球，改良方向。所惜者吾人尚未发现此理，虽长于机械学如美国人，亦只得付之无可如何而已。噫！正是：

天则不仁，四时攸异；盲谭改良，聊且快意！

此次大演说，究竟如何情形、如何结果，下回再表。

第九回　侠男儿演坛奏凯　老社长人海逢仇

却说麦思敦说了一句笑话,又闹了许久,才觉渐渐镇定。有人说道:"雄辩的演说者乎,闻君所言,已明白许多想象之说了。乞说入本旨,把月界旅行的疑问,实地上研究一研究罢。"其人说完,渐挤近演坛,睁眼看着亚电,见并没有回答,又高声说道:"我等来此,非欲议论地球,我等不是因议月界旅行一事而来的么?"众视其人,则躯干短小,鬓如羚羊,即美国所谓"哥佉髯"也。目灼灼直视坛上,众人挨挤,都置不问。亚电听了大喜道:"君言甚善!此时议论,已入歧路,以后当谈月界之事。"说未毕,即有人喊道:"君言地球的卫星,适于人类之栖居,果如此,则人类必全无气息而后可,盖月球之表面,实无如空气等小分子之物质也。余以此告君者,系发于慈意,且以警……"亚电把头一摇,赤发散乱,大有争斗之态。既而以锐利的眼光,直睨其人,厉声道:"汝言月球全无空气,唯假定之说耳。至其真实,则谁敢任之?"答道:"达于学术的人任之。"亚电道:"真么?"那人道:"真的。"亚电昂头笑道:"噫,阁下,余素爱学者,然金玉其外,败絮其中的伪学者,却深恶之。请君勿复言!"又有人问道:"君知伪学者为何状乎?"亚电曰:"余固知之,如我法兰西以学士自命之先生,乃谓由算术上言,鸟无能飞翔空中之理。又有自许超伦轶群之大人物,乃谓由伦理上言,鱼无游泳水中之能。呜呼!此种人物,非狂而何!余实不欲与言,且亦不足与言。"亚电才说完,有人大声叫道:"汝学不修,乃敢论人不学么!"其语势大含轻薄之意。亚电亦大声答道:"余素不学,一无所知;然此身却有敌泰山当北海之勇!"那人道:"然则暴虎冯河之勇而已,非愚即狂。"亚电听了,肃然正色道:"听众诸君,余此来非争学者之徽号,苟月界旅行的事业告成,即我事已毕,其他细故,何必喋喋为!"社长及同盟社员,都注目亚电,见其挺孤身以敌万众,协助鸿业,略无畏葸之概,叹赏不迭。所虑者亚电既是外国人,与众人毫不相谂,今又论议一变,将成争斗,或有险象,也未可知。心中颇怀疑惧。少顷,听得又有人反对道:"演说先生,据余所知,足证月球周围,全无空气之说者甚多。即偶有之,亦必为地球吸力所吸,而被夺于地球。且余尚将引证他说以……"亚电忙道:"可尽君所有,一一言之!"反对者道:"如君所知,光线为气体所横截,则直的光线,必屈折而变方向,故于有星从月后行来时,注视月球,则自星发射的光线,皆直过月球平面的缘端,毫无屈折变向之状。若有空气,何至有如此现象呢?"亚电微笑道:"君言殊似有理,即真修学术之徒,恐亦未免结舌。而余则大不为然。因其系牵强附会之说也。君颇似辩士,请为余略言月中有无火山之事。"其人答道:"有是有的,然今已不喷火了。"亚电道:"然则火山唯一时喷火，而今则仅留遗迹耶？"答道："然而此不足为空气存在之证。"亚电道："若唯偏于理论，恐遂无决定之时。今更进一步，略论实验上的事罢。纪元千七百十五年，有著名天文学士路比及哈累二人，察看五月三日的月蚀，于月球中发现奇异的火光，两学士遂确定为月球中由空气而生之电火。"反对者道："那两人视察时，以地球上从水汽发生之现象，误为月球之现象，当时即知其非，大受哂笑，这是经他学士所证明的。"亚电答道："余犹有说。千七百八十七年时，哈沙氏于月球之表面，发现无数光点，天下咸知之，君辈乃不知么？"那人道："知之。然君于实论未下注释，余今为注释之：盖因哈沙氏发现之光点，遂谓可推论月球不应缺乏空气之理，余未有闻也。且波亚及埋读夫，岂非研究月球的专门名家么？此两人均主月球无气之说，而其说则若合符节的。"此时大众静听二人讨论，愈出愈奇，都精神发扬，四处乱涌，如大海的波澜一般。虽默不一语，而自有一种奔腾澎湃的声音，弥漫坛下。少顷，亚电又说道："余请更进一步论之。若著名之法国天文家罗色陀氏，于纪元千八百六十年七月十八日月蚀时，明见新月尖处至凹部间，有横截月球面空气的太阳光线屈折形状，不是个铁证么！阁下还有何说？"那人不能再驳，默然退去。不复有人再来反对。此时亚电恰如大将凯还一般，兵士的欢声，洋洋盈耳，亚电也喜色满面，徐徐说道："诸君，今虽有非议月球表面空气存在说者，全属谬想，无足与辩。然彼世界的空气，较为稀薄，则容或有之。"有人问道："设空气稀薄，如君所言，则大山之巅，必无空气，人将何以登山巅呢？"亚电微笑道："实然。空气惠在山间之平地，其高不过四五百尺而已。"那人又道："恐有时竟与全无相等，故至月世界时，不可不预备此事，君以为何如？"亚电道："先生所言，极合于理。然空气虽薄，必足养人，设忽遇变故，空气竟非常稀薄，则余有一节俭之法，即除特别不可缺时外，全不呼吸是也。"说至此，众人大笑，亚电不能再说，待了许久，笑声才歇，又说道："诸君于余所言，既无异议，则于月球间空气存在说，谅必亦无疑义了。如此则月球表面，又必有水；若果有水，实余之极大幸福也。且反对诸君……余犹有说，吾辈所见者，仅月球之一面而已。此面既有少许空气，则不能见之一面，必含空气更多。"有人忙问道："这是什么理呢？"亚电道："其理么？月球受地球吸力之作用，成鸡卵形，我等所见者，为卵形之尖顶。据荷然氏之测算，则重力中心，应在我们不能见的他半球，故那一半月球，必有更多之水与空气。"亚电说完，颇有人疑为架空想象之说者。亚电道："此乃纯粹的理论，而发源于机械之定则者。那有可容攻击之理呢！然而我等在可生活的月世界中，能否保全生命的问题，却还要质之听众诸君子。"此时三十余万的听众，忽发赞叹之声，远近相和，虽有几个反对的发论驳击，而如失水的鱼一般，只见他唇腮开阖，声音则并无一丝，传入亚电之耳，那反对的，便着急起来，极力大叫不已。当时激恼了众人，把许多人推出场外，口里喊道："赶出这些反对的狂人！赶出这些狂人！！"反对的且行且说道："演说的先生，不欲闻余二三疑问么？"亚电招手道："汝说汝说，余甚好之！"反对的得了亚电的许可，才立住脚，喘吁吁地说道:"君何故不留意至此耶!驾圆锥形弹丸而至月界,噫,不幸哉!……发射之际,因反动力而有粉身碎骨之祸…君以为何如?"亚电笑道:"我的反对先生,所言亦非无理,然余思美国人以刚强不挠的精神任事,必有免此奇险的良法。君其勿疑!"那人又道:"弹丸飞过空气时,飞力极速,不至发生大热力么?"亚电道:"不然不然!弹丸极厚,且我等当疾飞以出空气之外。"那人道:"食物呢?"亚电道:"余以算术测定,贮足支十二个月之量,而旅行时,只得四日,唯用其少许而已。"那人问道:"弹丸中空气不虑缺乏么?"亚电道:"余以化学之法制造之。"那人又道:"弹丸能恰落在月球之上么?"亚电道:"落于月球中,与落于地球上相较,其力只六分之一耳。故弹丸重量,较在地球时,必减轻六分之一。"反对论者略想一想,又道:"然以余所见,当弹丸堕落时,因重力所激,君的躯体,必至如掷琉璃于石上一般,纷纷四散而不可见……今假令凡诸危难,诸阻碍,均有趋避之法,如君豫想,驾大弹丸,安然以达月中,其后将用何方法,再归地球呢?"亚电道:"余固无再归地球之志。"众人听了,骤不解亚电之意,愕然嗫不发语。有几个反对的,趁着空闲,便说:"什么?如此则于学术,仍无裨益;如此则与横死无殊!"其中一人大呼道:"君辈言太过,待我问之。"亚电厉声道:"谁复敢与亚电言者!"有人答道:"欲与君言者,系以人为诞妄不足取,以事为虚伪不能成,而不学无识之一人也。"社长静观亚电与众人讨论,容貌肃然,大有不顾一切之概。至此时,忽见发语的是个社员,便忍不住立起身来,想分开众人,走下去把那人的言语禁止。不料才近众人，已被抑留，一齐举手，把社长擎起，又把亚电擎起，发声呐喊，以表扬两人的名誉。众人争来擎举，杂踏不可言状，其中虽有许多反对的，只是张开两臂，防为他人推倒不迭，那里还有工夫再来驳击。但见万头攒动之间，社长并亚电两人，夹着呐喊声音，忽在此处，忽在彼处，摇动运转之状，宛如狂涛无际的海中，浮着一叶，倏起倏落，见之魂悸！两人乘着有足的船，一刹那时，已到天波地方。天波居民，又有擎举两人，表扬荣誉之意。亚电晓得了，忙逃入茀兰克林旅馆，觉疲劳已极，及拣一处最好卧室，倒头便睡。唯有社长仍在众人之间，挤来挤去，见还有反对的，遂大声喊道："有反对会社的大业者，请随我来！来！！"说还未了，已有一人，直跟着社长向捷温司福尔码头而去。其地甚为寥寂，绝无行人。社长立住问道："君是谁？"其人答道："余枭科尔也。"社长大声道："余欲见君，已非一日，今乃相遇于此，何幸如之！"枭科尔道："余亦如是，故来见君。"社长道："君曾侮我。"枭科尔道："然。"社长道："余将举轻侮三条件以问君，君能答乎！"枭科尔道："谓立时能答否耶？"社长道："否否！余欲与君言者，乃重大事，不可令外人知，故当秘密一切，不可不择一寥寂之地，互相决议。去天波市一二里许，有大森林，名曰斯慨挠森林，汝知之否？"枭科尔道："余夙知之。"社长道："乞君于明日入森林中待我。……君如与余同意，则余亦来觅君。……且勿忘携汝之旋条枪。"枭科尔道："汝亦勿忘携汝之旋条枪。"两人谈毕，约期而别。唉，诸君，这一回，有分教：

硝药影中灰大业，暗云堆里泣雄魂。

要知明日在斯慨挠森林，两人演出什么惨剧，且听下回分解。

第十回　空山觅友游子断魂
　　　　森林无人两雄决斗

却说亚电进了弗兰克林旅馆，因过于疲劳，食卒就睡，耳鸣头眩，如置身大弹丸中一般，拥着重衾，不数分时，已沉沉入梦。便是雷鸣地震，也不能把铜像似的睡汉，搅醒过来。未几东方渐明，日光熹微，早映窗幔。只听得有人打门，大呼道："有大事，君何不开门！何不开门！！"然在门外的，虽似十分惶急；而在门内的，却仍冥然罔觉，只是鼾声雷动。大呼数回，才答应了一声。此时门外诸人，已不耐烦起来，哗啷一响，窗户大开，窗上玻璃，也如蝴蝶般乱舞。亚电大惊，坐起看时，乃许多枪炮会社同盟社员，争从窗口纷纷跳入房内。第一个便是麦思敦，不待亚电开口，便满房乱跳，大喊道："我们的社长，昨晚竟被辱于万众之前，侮之者谁，便是那个臬科尔。故社长已与彼约定在斯慨挠大森林中决一死战。此是社长自己告我的。若不幸战败，则会社的大业，不要成了水泡么？唉，危！危险！！我等该阻止才是。然一人独力，那能遏社长决斗之志呢！余想此事，唯亚电君。除了亚电君，他人不能！"亚电听麦思敦之言，默不一语，至此忽从床上跃起，不到数秒钟，已穿好衣服，开了门，同着麦思敦，如飞地出了旅馆，径奔那大森林而去。行了一刻，麦思敦把枭科尔如何反对，如何写信辩论，如何悬金赌赛，如何与社长相争的颠末，细细告知亚电。亚电忽发颤声，道："唉，愚哉！唉，何其愚哉！若已决斗，呜呼！……将如何，将如何！故我等不可缓行，宜急走！急走！！"读者须知美国风俗，这决斗之事，殊可怕的。如两人私论不合时，便约定所在，或用手枪，或用利刃，互决胜负，不死不休。视当日社长与枭科尔定约情形，不消说是枪声响处，这阚如虓虎的两雄，必有一人要告别的了。亚电等两人，大踏步飞跑，过荒野，攀危岩，过稻田，早已朝露沾衣，砾石破履。又有不识数的樵夫，把砍倒的大木，积满路口，费尽气力，才匐了过去。远远见一白发樵夫，在那里伐木，麦思敦飞跑上前，大声问道："樵夫，汝见提旋条枪的人么？——即我的朋友枪炮会社社长巴比堪氏也。"然而一个山内樵夫，晓得什么社长，睁着眼不知所对。亚电忙说道："是像猎夫的人。"樵夫笑道："你们寻这像猎夫的人么？此人在一点钟前，早已过去了。"麦思敦闻言，颜色骤变，叹道："既在一点钟前，则我等已迟了。"亚电问道："你听得枪声么？"麦思敦道："还没有。"亚电即握着麦思敦的手，连说"快走"，拔步奔入灌木林中。此地有杉、枫、秋立布、橄榄、槲等树，其他嘉卉异草，更难枚举，枝柯交错，密叶如织，咫尺不能辨。两人恐致失散，携着手，分开枳棘，彳亍前进，两耳听着枪声，两目看着前路。有几处似人迹，疑巴比堪曾从此经过，而细心检查,却连足迹也寻不出一个。又行二三百步后,枳棘更多,树枝更密,太阳光线,不能透入,几与昏夜无异。两人没奈何,立住脚,麦思敦发失望的声音说道:"余此时实已不知所为。"亚电道:"我等已至此,若决斗时,枪声必当传入我耳。此时未有所闻,似可无虑。"亚电虽如此说,殊不知社长的性质,乃是见危不怖,遇刚则茹,既已约定时期,那有不来之理呢。况枪声传播,常随风向,或既经放射,而两人未曾听得,亦理所恒有的。麦思敦愈想愈怕,颤声道:"我想……我等到此过迟,彼等必已决斗了,君以为然否?"亚电不答,只催前行。继而知徒行无益,两人思得一法,相约各放声大呼。麦思敦呼社长的姓名;亚电呼着臬科尔。无奈喊破喉咙,终无应者。只见山鸟惊飞,鹿子暗遁而已。此时跋涉森林,已及大半,而社长及臬科尔的影子,也不可得。两人大为失望,颇有言归之意。亚电忽遥指远处大呼道:"麦思敦君,那不是人么?"麦思敦望了良久,答道:"像是人……那是人么?然彼不动,其傍又无像旋条枪的东西,那是做什么的呢?"亚电本来近视,遂问道:"你亦认不清么?"麦思敦道:"哦,我看清楚了,他亦遥望我等,彼……彼臬科尔也。"亚电大声道:"臬科尔么?"其声似酸楚不堪者。停一会,又道:"余当至彼处,定其真伪。"乃急行五六十步,定神一观:噫,果是臬科尔,其傍有数株秋立布树,蛛网纵横,缠住一个小鸟,振翼悲鸣,而一大蜘蛛,伸长足捉之,不得逃遁。臬科尔置旋条枪在地,折树枝击蜘蛛,以救小鸟,且破其网,小鸟遂欣然飞去。臬科尔目送之,色甚愉快。回首忽见亚电,愕然道:"君以何事，乃深入此大森林中？"亚电道："余欲防君杀我社长，且阻社长害君，故来此耳。"枭科尔道："社长何在？余亟欲见之，然已寻觅二时间，终不能得。"亚电道："君若真觅社长，必无不得之理。然未知是未曾寻觅，抑真觅之不得欤？使社长尚存于世，则必无不得之理的。"枭科尔大声道："巴比堪氏与余，不死其一，必难结局，故大竞争是万不能免的。"亚电愕然良久，说道："汝何意？噫，汝何意！汝真可谓猛烈如野狮了！"枭科尔道："余已有战斗之意矣。"麦思敦上前大声道："枭科尔君，余为社长的良友，而社长亦善爱余，君若杀人之心，不能自抑，则请杀麦思敦以代社长！"枭科尔忽拾起身傍旋条枪，摇手道："君毋戏言！"亚电道："我友麦思敦，决无戏言，余能力保其杀身代友之志，实出于血诚。然余在此，决不令社长或麦思敦氏的生命，丧汝铁丸之下，余将在君及社长之前，敬呈一言。"枭科尔似欲即闻其言，忙问道："君欲言者何事耶？与何事有关系者耶？"亚电答道："姑待之，姑待之。非在社长的目前，余不言。"枭科尔道："然则请与余共觅社长何如？"于是亚电及麦思敦，跟着枭科尔，复入森林，往来寻觅。所遇者无非是枯木孤藤，奇岩怪石，而社长则连影子也不可见。麦思敦忽向枭科尔说："我想社长尚在，必无难遇之理，莫不是君……与社长，既决斗了么？"亚电亦甚心疑，迫着枭科尔要索还社长。枭科尔力白其诬，且辩且走，不觉又行了二三百步。麦思敦忽举手一指道："好了！"两人抬头看时，见四五十步外，仿佛有人倚着大石，坚坐不动。麦思敦又道："看！看呀！！那是人……那不是社长么？"三人大喜，飞奔而前,果是巴比堪氏,坐在石上。亚电大呼道:"巴比堪君!巴比堪君!!"喊了数声,社长并不答应,也不回头。只见他手执铅笔,在手帖上绘画地图,旁边倚着旋条枪,也没装药,仿佛把决斗的事已经忘却了一般。亚电大踏步上前,径握其腕。社长愕然惊起,默不一语。亚电大呼道:"余发现我的良友了。噫,社长,君在此何为耶?"社长欣然道:"余方计划一大事业,故思虑不遑他及。"亚电道:"何为?"社长答道:"我等月界旅行的弹丸,体裁甚大,故震动亦大,不可不设法减却之。余所谓大事业者即此。"亚电看了枭科尔一眼,答道:"当真么?"社长也忽举首,见麦思敦在旁,便道:"麦思敦君,汝何故亦来此?我等岂无用水以防震动之妙法乎?"亚电道:"君忘枭科尔君之事乎?"说毕,即招枭科尔至自己身旁。社长满面笑容,大呼道:"枭科尔君,请恕我罪!余已忘夙约矣。然于战斗之事,则早已准备。"亚电忙阑入两人中间,仰天说道:"余谢天帝的仁惠,不使两勇者早相会合!"又回顾左右,说道:"巴比堪君,……枭科尔君乎!君辈非地球上人所谓学者耶?天地间之理,无一不可解者。今君等必欲以铁丸破脑骨,果何心欤!若如此,则地球上又失两大学者,君等纵不自哀,乃不为我地球上惜耶?"亚电说至此,暗视两人,均含微笑,无求斗决死之态,殊出意外。暗想不若设法解劝,以弭两人的勇气,遂微笑说道:"我良友之诸君,此番会社企图之事业,徒以议论从事,殊属误解。而于此误解之事,又精研细复,岂非误解中的误解么?不若勿再喋喋,听余一言。"枭科尔勃然变色,怒目道:"君以议论决事件之是非为无益,而余则殊有所见，亟欲吐之。今君既有言，其速言，毋挠余说。其速言！"亚电道："我友巴比堪氏所测，驾弹丸达月界之说，必可信，必无疑的。"社长道："余固谓然。而臬科尔君乃谓发射以后，不能直达月界，而再堕落于地球，竟与余意见大异。"臬科尔道："吾决其必不能达月界，必再堕落于地球。"亚电道："君所思者，任君思之，余无臧否之意，亦毫无屈人就己之心。虽然，余有一言，……君盍与余等共驾弹丸，以至月世界乎！则堕落与否，得实证矣。"麦思敦大喊道："君何言！君何言耶！！"社长及臬科尔两勇者，于不留意间，骤闻麦思敦大叫，均吃一惊，默然良久。盖社长欲先待臬科尔如何发言，而臬科尔又欲先观社长有如何的意见，我待你，你待我，遂张目相持，良久不语。亚电道："空谈成败，终不如实验为优。故弹丸震动等疑问，此时可不必提。其大小诸事，亦不必虑。"社长大呼道："诚然！事以实验为优，余亦作如是想。"亚电听了，拍手踊跃，忻然说道："唉，可贺！可喜！此实勇敢之言。呜呼，我良友之诸君，以此一言，遂得大事业的结局，岂不可喜！可贺么！"正是：

赖有莲花舌，仇消谈笑间。独怜麦壮士，从此惨朱颜。

社长与臬科尔的深仇，既已消释，又去了一重障碍了。至于以后情形，则且待下回再说。

第十一回　羡逍遥游麦公含愤
　　　　　　试震动力栗鼠蒙殃

　　却说美国人民，初听得社长与臬科尔决斗之事，甚为惊惶。继知因亚电与麦思敦的调和，已得结局，都不胜忻喜，连在远处的，也各派代表，以申祝贺之意。亚电所居旅馆门外，忽如繁华的都市一般，甲去乙来，丙归丁至，每日不知有几千万。亚电不但无休息之时，即两手亦握得麻木不仁，全失知觉。而诸代表人，又因他是探捡月界的伟男儿，常欲略谈数语，以为荣幸纪念，故门外固来往如潮，而旅馆中也几至无立锥之地。其他诸方人民，设宴招请的，更不计其数。即全身毛发，悉化小亚电，也不遑应接。此外尚有许多人民，要亚电周游美国，令全国人等，皆得一面，且拟送数百万圆的旅费。亚电左右为难，只得一切谢绝，而众人崇拜仰望的热情，比火还烈，不得已购买照相，以慰饥渴，不论大小，求索一空，各处照相店，终日汲汲，只晒亚电的照相，尚觉不足。至于他人照相，自然是概行停止的了。还有一种可笑的画师，毫不知亚电的相貌如何，祇任自己的猜度，随手乱涂，口索高价，而买者也不辨真伪，随手买去。这些崇拜亚电的，不但男子而已，就是女子，亦不知多少。更有各地贫民，难觅生计者，千百为群，要与亚电同往月球，待发财以后，再归地上，每日围着旅馆，如大军攻孤城一般，喧嚣之状，不能笔述。后经亚电再三抚慰，且许可了，才纷纷散去。亚电向社长道："愚民之愚，一至于此哉！……君想月球与我地球上人民的疾病，有关系否？"社长道："余想月球关系疾病这些话，曾诞妄不足信的。"亚电道："读古时史乘，颇有实迹，而余则殊不谓然。若举其一二，则如千六百九十三年时，传染病流行甚厉，人均称罹病者，多在月食既的时候。又如硕儒培根，虽身体素强健无疾，而每逢月蚀时，常气息厌厌欲绝。千三百九十九年时，查理第六世，有时因月之盈亏而发狂疾。又据歌尔氏的实证，知凡因病发狂者，当新月及满月之际，必发病两次，其所据极确。又由热病或睡行症（谓睡眠中忽起而行者），及其他人类诸病观之，彼月球与我人类的身体，皆确有可惊的感觉的。"社长笑道："然其理不可解！"亚电亦笑道："此疑问唯可借古时某学者答人之言解之，即：'传说以奇而不足信'是也。"亚电既于大会时，解释一切，诸凡障碍，都已除去，得稍闲暇，遂赴宴数处，以慰众人之望。且带领诸友，游览各地。递至炮口旁，无不如进无间地狱一般，战栗却退。亚电则上睨苍天，下窥炮底，欣喜无限。暂且按下。再说麦思敦言社长等三人，旅行月界的日期将近，不胜歆羡，想了数日，定欲同行，遂将其希望之意，告知社长。社长因旅行人数，既经决定，不能再行增加，甚欲拒绝，又怕麦思敦悲愤，挫了勇气。乃把弹丸狭小,难容四人同居之理告之。麦思敦不能答,怏怏退出,想去想来,越觉壮志勃勃,不能自制,亟访亚电,请代往月界,并乞在社长处为之转圜,且说了许多自己往月界时,有如何利益的话。亚电欣然答道:"余之老友,余所信者,将为君一身计,或触讳忌,乞勿见责!……君何不自查身体,可是个完全无缺的?身体不完者,不唯难适如月世界等的异国而已,即在地球上,可能自由运动么?以后请勿再望月界旅行了。"麦思敦听毕,甚觉悲楚,问道:"因余身体不完,遂为不适于居月世界的人物么?"亚电道:"实于月世界中极不相宜,余之老友,如略言其理,则此次月界旅行,乃我地球上第一次派遣的使节,如有肢体不完者,厕足其间,不能不曰非我地球上的大耻辱。君不以为辱么?能对月界居民恬然无愧么?若在大宴会中,追谈往事,必变快乐之情,为酸辛之思,非我地球使节的重任么!若说起斲肝损脑的原因,则我地球上人,恶如猛兽,互相搏噬之事,必当吐露,岂不惹彼等的嗤笑么!且我地球,足容人千亿,而月界中不过一亿而已。我浩大的地球上人民,乃为细小的月球中人民所哗笑,诚一大耻辱事,请君熟思之!"麦思敦闻言,甚不愉快,勉强说道:"君所言者,均非无理。然达月球而后,重力一震,都成粉末,则余之残缺的贱躯,与君之完全的贵体,恐未必有什么差别了。君以为何如?"亚电即答道:"君言亦是。然我等已得确算,达月界时,必与我从法国来美国时无异的。"麦思敦默然不能答,遂握手而别。……且说以前诸种试验,颇获良果,社长亦甚安心。唯弹丸发射时震动力的强弱如何,则因未经试验，故难确定。社长忽思得良法，以试其事，乃从宾洒哥拉（弗罗理窦之一港）造兵所，借了一尊三十八英寸的臼炮，令许多雇工，运至罗夺堤上。其装置系炮口向外，正对海面，弹丸飞出后，即堕入水中，可免破裂之患。盖试验目的，非欲观堕落的模样，只要看发射后的震动力如何而已。此时已先造成圆锥形弹丸，内部空虚，用弹力最强的极良的钢铁，编成网形，恰与铁制鸟巢无异。觅猫一匹，并把麦思敦平日爱养的小栗鼠强夺了来，一同闭置弹内，以验发射之后，两小兽有无震死或晕眩的情状。扃键既固，便与百六十磅硝药，装入臼炮。少顷，只听得社长高呼"放射"一声，那弹丸已以极大速力，飞行天半，其飞路成浩大无边的弓形，高达千尺以上，而堕落于海。麦思敦立在烟焰之中，仰天叹道："良机一失，不可再逢。弹丸狭小，不能容我，遗憾何极！唉，栗鼠栗鼠，你比我侥幸多了！"社长闻言，心颇不忍，然亦无法慰藉，默然挥预泊海边的小艇，齐向弹丸落处而进。社长等四人，亦乘舟在后，诸艇中共有善于泅水者数十人，手持绳索，霎时跳入海中，觅得弹丸。其上本有小穴，即用绳索系住，牵上甲板，计从发射至今，不过五分钟而已。然弹丸经发射后一震动，开之甚难，费尽气力，才开了铁键，把猫引出。四人仔细看时，则身上虽微有擦伤，而活泼仍无异平日，且舐嘴咂舌，向麦思敦叫了一声，大有骄傲之意。四人大喜道："驾弹丸以凌太空，已得佳征，可喜可喜！"然再觅麦思敦的栗鼠，则已不翼而飞，毫不见影。社长疑甚，细察弹丸内面，微见血痕，始悟此猫在旅行时，已将共患难的良朋果了枵腹，却装着不干我事的模样,欣欣然归来了。麦思敦素爱栗鼠如性命,今为猫所食,悲愤不堪,定要与栗鼠复仇。社长等三人大笑,力劝方罢。自此猫安然归来以后,那些说不成功的,或危险的人,都如反舌无声,杜门不出。社长本来尚疑震动之力,有害身体,至此亦涣然冰释,绝不留痕。过了两日,忽从合众国大统领处派来了一个专使,以表祝贺之意。又援那著名的辉轶忒之例,许亚电用"亚美利加合众国府民"的名号,以示宠异。正是:

侠士热心炉宇宙,明君折节礼英雄。

从此月界旅行的难问题,都已解释。只待时日一到,便可束装首途。若要知后事如何,下回再表。

第十二回　新实验勇士服气
　　　　大创造巨鉴窥天

　　前回虽说诸事既毕，只待日期。然而尚有弹丸，未曾告竣。此物自接到亚电的电报后，已命停工。迨亚电到了，商酌多日，始差一专使，驰至布拉维商会，重令制造，故至十一月二日，乃得告成。从东方铁道输运，十一月十日，到了石丘。社长巴比堪及枭科尔亚电三人，便去细心查检，原来这弹丸的周围，皆贮清水，其深三尺，底面塞以圆形水板，令水不漏，且能自由运行于弹丸之中。旅客居住的地方，宛如水上木筏，下有直立的厚木板，以备分开水力。当发射时，全部之水，因受了震动力，都从下部逆流而入上部，汇集于漏水管中；此管口有木塞，装置甚固，颇难脱落，然因流水压迫之力极大，故木塞忽脱，水即如瀑布一般，由管口喷出；喷尽以后，旅客必受弹丸的强回旋运动，微觉晕眩。然出炮口时的第一大回旋运动，则因水之流动杀其势，已无大患。加之弹丸上部，遍张最良厚革，并钉钢铁弹条，漏水管即在此弹条下面，故预防第一大回旋运动之法，已尽全力；若尚不能防，则非发明一铁作精神的妙法，别无他术了。弹丸上部，有一小穴，用纯铅为门，可以开阖；内面固以螺旋，如至月界，则旅客可由此门出入，以休长途之疲劳，探异地之胜迹。至于飞行时察看太空的，则另有四个金属制的天窗，上下各二，嵌着极厚玻璃，引入光线，且用电气生火，以御严寒。真是千绪万端，无不周备。所虑者，只有弹丸中空气新陈交谢之法，尚未筹定而已。社长于此一事，绞尽脑力，屡废寝食，才得一线光明，研究之末，遂获善法。盖地球上空气的成分，每百分中为养气二十一与淡气七十九分所和合，人类呼吸一次，则收养气百分之五，而代以吐出之炭养二。此炭养二即由体上热力，及血液元素之沸腾而生。故人若居弹丸中，密闭诸户，绝新旧空气交谢之作用，则若干时后，空气中的养气，全被吸尽，剩下许多炭养二，充满空中，人类遂至闷绝。防御此患，唯有二法：一、用新鲜养气，以补充消耗的养气；二、将人类呼出的炭养二，设法消散。行此二法，亦不甚难，只用钾养绿养二，及钾养二物而已。钾养绿养者，为化学中药品之一，属乎盐类，形如水晶，加热至四百度，则变为钾养，而放散其所含的养气，布满空中。用二十八磅钾养绿养五，可生养气七磅，即法国量二千四百里得，旅行者二十四时间的呼吸，已绰有余裕了。钾养者，亦属化学药品，其性与炭养二有极大爱力，故置之瓶中，屡屡摇动，则渐与空气中的炭养二化合，变了钾养炭养二，而弹内空气，常得清净。据此理论想来，则兼用二法，一能令腐败空气，复归清洁；一能生新鲜养气，保养人间。然天下事多据理论，极少实验，笔舌间虽娓娓可听，而实验时终无成效者，亦颇不憗。故社长发明之法，虽似美善，而不用人类试验，则到底不能确信。麦思敦道："此实验也不肯让我去么？我想在弹丸中必可保一周间之生活。"诸社员夙服其勇敢，不忍拒绝，遂购了许多药品及食物，置之弹中。麦思敦于十一月十二日午前六时，别了诸友，并约定二十日午前六时出外，得意扬扬的钻入弹中去了。是后石丘之上，不闻麦思敦大谈狂笑的声音，十分寂寞。社员于无聊之时，常常忆及，且恐有不测，愈难安心，每日往来弹丸之旁，探听消息，伫立良久，忽闻麦思敦吟诗声，嘤嘤然透出弹外，始知此老无恙，欢喜而去云。……前回曾说会社开了募金局，报告以后，天下万国，无不响应，一霎时间，已得了巨大金额，足敷会社之用，遂将募金局锁闭。社长于去年十月二十日，将金资若干，交给侃勃烈其天象台，托制巨鉴一架，可以见月球表面上直径九尺之物体者。此时虽光线之学，已极蕴奥，机械学亦达高度，而世界上有名的巨大望远镜，有浩大视力者，却只两个：一为哈沙氏所造，其高三丈六尺，有直径四尺六英寸的目镜，视力强度，可放大物体至六千倍。二为罗德洛慈氏所有，在爱兰的佗翁派克地方，管长四丈八尺，目镜直径六尺，视力六千四百倍，重量十二吨半，其巨大及重量，虽足惊人，而放大物体之力，则仅六千余倍，故大如月球，亦唯可缩近至三十九英里以内。若非极长，或直径六十尺的物体，仍不能见。今旅行的弹丸，仅直径九尺，长一丈五尺而已，故不可不将月球缩近至五英里以内，即放大物体至四万八千倍也。侃勃烈其天象台，召集了会员，大与论议，或深研原理，或覃思方法，遂决定望远镜之管，应长二百八十尺，内容新式反射镜，目镜直径应宽一丈六尺。绘了图形，开工制造，此镜在地球上，虽已巨大无匹，而较之先年天文学家芙克从思想造出的一万尺望远镜，则不免小如微尘了。第二步应研究的，便是置镜的所在，天象台职员，意见颇不相同，因此甚费争论。盖装制巨镜，不可不择一最高的山巅，而合众国中，高山极少，最著名者仅两道山脉，川王及米斯西比两大河，流贯其间，在东者名曰阿白喇丁山，最高处为纽汉北西亚，凡五千六百尺，殊不足副高山之称；在西者曰落机之高岳，山脉连亘，岩石嵯峨，有一望千里之概。山脉由麦改兰海峡发端，蜿蜒回环于南亚美利加的西方海岸，其名称或一变而为安提司，或一转而成可昔雷拉，其他各部分，异名甚多；进而横截巴拿马地峡，贯通全部北亚美利加，终达北冰洋而止。虽高不过一万七百余尺，然美国本无高山，不得不推落机为第一，遂决定于此山脉中，拣一最高所在，装置巨镜。先运应用器械，及派人夫，致密梭里的轮庇克山巅，始把望远镜诸物，设法搬运。数万工人，过沙漠，穿深林，千辛万苦，屡折不回。未到十二月，这伟大无比的望远镜，已登积雪不化的山巅，高耸于太空无际之里了。忆从前有美国机械师自夸道："与我任何重量，令置任何高处，无不如意。"闻者皆以为妄，嗤之以鼻。自此大工业告成，世人始知其不谬。而美国人之长于机械学，亦于是可略见一斑了。然总计制造搬运诸费，却用去了四十万圆以上，此款则前回已经说明，是由社长豫先交付的。……望远镜装置既毕，各天文视察职员的心脏，自然是怦怦鼓动，急欲一观天界之奇景。盖据我等想来，则用视力四万八千倍的巨镜，窥察月球，不唯其放大形象，当出吾人想象之外，即其表面的动，植，都，邑，湖，海的真况，亦必历历可数，荟萃镜中。那些天文大家，虽比我等聪明，然何常不作是想呢！哪晓得窥看之后，竟大失望。除了古人据学理所发明者之外，仍属惝怳迷离，不能确定。所见者唯火山残滓，累累如陵，略能辨其性质而已。然将在天的极点处之数万星辰，测定直径，则不能不曰此镜之伟绩。又天象台职员克拉克，审定了一种星云，亦为罗德洛慈氏的望远镜所不能见的。正是：

  谭天驺衍原非妄，机械终难敌慧观。

  这望远镜，毕竟能否看出月球上的弹丸，须待下回分解。

第十三回　防蛮族亚电论武器
　　　　　迎远客明月照飞丸

　　却说光阴如电,又届初冬。实验日期,愈觉逼近。各社员的心魂,早已飞向九天,作环游月界之想。独有枭科尔依然顽固如昔,坚说不能成功。他说道:"哥仑比亚炮中装入引火棉四十万磅,重量如此,燃烧必易,况又加弹丸压力,则引火棉必要生火,酿成奇祸的。"然社长则已思虑周详,毫无疑窦,一任枭科尔终日唠叨,总是屹然不动,亲自指挥工头,教授搬运之法。其法系将引火棉分成小份,装入小箱,封缄严密,始从天波运至丘下;又有数百工人,由推行铁道输运炮旁,再用起重器械吊入炮底。盖引火棉的性质,最易发火,若用器械,不免有磨擦之患,终不如人工之佳。当搬运时,工业场二英里内,禁绝烟火;后又因太阳光线,颇觉酷烈,恐光线激射,酿了巨祸,遂索性在夜中作工,并仿桑恪凌夫之法,借真空中发光的光线,直照炮底,先用火药小包,排列引火棉下,火药包间,各有金属丝联络,以通放射时发火的电气。到十一月二十八日,那八百个火药小包,竟安然运入哥仑比亚炮底,近村人民,得知其事，又渐渐蝟集，愈聚愈多，竞欲入内观览。社长不允，令人坚闭栅门，尽力防御，而大众狂呼乱叫，骚扰不休。社长无可奈何，暗想把火药包给众人一看，或可稍慰他们的渴望，遂吩咐工人，把引火棉箱排列栅内，以餍众目。而自己同麦思敦两人，往来巡行，防众人误将吸残烟草，掷入栅里。此时来观者，已增至三十万左右，麦思敦便有千目千手，也无异一个蚊子，想负起毗拉密图（在埃及之金字塔），终日飞跑，不遑应接，遂大声喊道："诸君切勿吸烟，防生奇祸！"然狂澜似的大众，那里听得一分，依旧雪茄如林，吹烟成雾，宛如英京伦敦市的炊烟，袅袅然罩住了石丘一带。麦思敦见众人置之不理，怒不可遏，跳出栅门，拔了小刀，随手乱挥，如汽车上的车轮一般，滚入人海，把所有卷烟草，不论衔在口的，拿在手的，都抢过来，熄了火抛在一边，霎时间已成了一座小阜。众人见这位老夫子生气，便都虚心让步，渐渐镇定了。及至装完火药，果然毫没差池。臬科尔的预言，又成了一件失败的话柄，按下不表。……却说月界旅行时，还有一件不可不虑的，便是食物及器具。设月界中也如地球上一般，有屠牛的，有造面包的，有酿葡萄酒的，则虽孑身独往，亦不愁冻馁。无奈自古以来，终未得一确信。若稍有疏忽，岂非历来的劳苦，都成了泡影么？亚电便写一张应用物件的目录，同社长商量数次，拣最要紧的，陆续购办。不到几日，把弹丸室内，已堆积得无容足之地，社长遂将必不可缺的物件，拣了许多，其余一概取去，零碎物件，则封入箱内。即验温器，风雨表，望远镜等，路上要紧的物品，也装入机械箱中，不令露出。又买几张波亚及穆埃雷绘的月世界地图，以备参考差异及订正谬误。此图测量极密，月中的山岳平原，危峰大海，及喷火口等的广狭大小，位置名称；并自月球东方的雷普涅子及德弗儿飞山，至北极的木勒拂力科山诸地方，无不记载详尽，有条不紊。另购旋条枪并猎枪各两支，连许多弹丸硝药，一并排列室内。亚电笑道："到月界时，如有人类，与我等无异，则遇不速之客，必来款待，或赠美酒，或贻佳果；善言论者抵掌而谈，问地球一切事；好奇者设宴，或歌或舞，极人生之欢，则适合我等之希望，荣幸何极。若不然，如入印度内地一般，或蛮人跳梁，举兵来袭，碎裂我等，以充饥肠；又或猛禽怪兽，充满酒地，磨牙舞爪，馋涎如泉，则我等将用何法防御呢？"社长问道："君想月界中必有此种野蛮居住的么？"亚电道："余亦推测而已。至其实情，古无知者。然昔贤有言曰，'专心于足者不蹶'，余亦用此为金杖，以预防不测耳。"社长道："然据余所见，则月界中当无此种恶物，读古书可知。"亚电大惊道："所谓古书者，何书耶？"社长笑道："无非小说之类耳。然书中谓月界之山岳，无巨莽森林，难容猛兽，则极可信。余即由此臆度的。"亚电道："君以臆测之故，遽不设备，岂非大错么！余等此番旅行，实非为一身计，故不可不再返故国，以报告全地球人民。若被食于野蛮猛兽，不是劳而无功，徒留笑柄么！"社长点首道："甚是甚是。余已无可言，此后唯听君之指挥。"亚电道："君言几窘杀我！余实不甚解旅行一切事，不能不求助于君。"社长道："余固有助君之志。"亚电道："余想防御器机，万不可缺，即鹤嘴锄，铁棍，大斧，手枪等是也。其他冬夏衣服，亦应完备。……又余等虽深恶蛇属，或虎，狮，豹，象等；而无牛，马，犬，羊诸家畜，则甚难生存，还该携去数匹才是。"社长大笑道："我良友亚电君乎！余前虽言听君指挥，今实不复能忍矣。君不知旅行弹丸的大小，与古时'爱克船'无异么？不知'爱克船'的幅员，却大于我等的旅行弹丸么？那有可携如许物品之理呢！不如让我选择罢。"亚电回想前言，也自失笑，遂托社长选择。社长于不急之物，尽行除去，加上枭科尔的爱犬，并纽芬兰种犬各一匹，又小树数株，种子数十包，以备在月界中辟地莳植。亚电又道："此种子必与月球的土性不宜，非另带地球上肥土不可。且数株灌木，应防其槁，须加土于根，缠以绳索才妙。"社长依言，安排妥洽。又买菜，汁，盐，肉，酒类等，足支一年之食物，均纳弹中，便将弹丸运上石丘，举起鹤颈称，吊入炮内。诸社员握手咽唾，恐酿巨灾，而渐入炮膛，毫无障碍。不一时，已达炮底，社长仰天呼了一声"上帝"，枭科尔却坐在远处出神，亚电跑过去笑说道："君的赌金，又输去了。余要拿去赠月世界国王的。"诸社员轰然大笑。枭科尔看了亚电一眼，默不发言。亚电又对熟识的友人道："余虽拜别诸公，而至月界，然并非决绝的。诸公切勿视余为天人，余且拟报告月界的真态。"麦思敦笑道："不必愁，不必愁！余是断不肯以君为着羽衣之天人的。"社员又大笑不已。连枭科尔也不觉失笑，橐橐地走过来了。……却说实验日期，越加切近，一转瞬间，已遇十二月朔日的良宵。当夜十点钟四十分四十六秒时，月球冉冉，正过天心，并最与地球相近，若错过机会，则会社的大试验，便不能不待至十八年以后了。是日天色蔚蓝，日光闪灼，不待黎明，石丘近傍，已来了无数观客。连天波市也车马如云，十分热闹。平原一带，有张天幕的，有建高楼的，有营小屋的，荒凉寂寞的所在，竟变了一大都府，各国人民，无不骈集，所操语言，若英，若法，若俄，若德，千差万别，不可究群，一片平原，竟与一个小地球无别。美国人则更不消说，自然农罢耕耘，商废贸易，不论贵贱、老幼、男女，皆忻喜欲狂。茀罗理窦地方，扰扰攘攘，宛如鼎沸。迨近发射时期，众人颇觉惶惧，那胆小的，不免战栗。私语渐绝，寂如无人。未几时限愈逼，人更不安，有逃遁之状，忽然摇动起来，如怒涛啮岸一般，汹汹然令人骇绝。又少刻，自鸣钟打了七下。众人举首看时，则明月一轮，冉冉而上，大千世界，骤放光明；便是直径尺余的金刚石，亦难比其价值。喝彩之声，忽如雷动。此时栅门之内，倏见有许多同盟社员，排了行列，万足一步，直行向前；其后便是三个旅行的勇士，容貌庄肃，举止雍容，头戴礼冠，身披礼服，鱼贯而出。并有欧洲各国派来的天象台职员，警卫于后。社长巴比堪，左右奔驰，指挥行列。臬科尔负手于背，昂然徐行。亚电着新制旅衣，喜色可掬，向麦思敦道："余将远行，与君离别。君若能以地球上新事相告，忻幸何如！"麦思敦道："余固欲以异闻奇事告君，然苦无良法耳。"亚电道："君不见世界上进化之状态么？必因人类以此事为不可为，而其事遂不能成；苟尽力为之，必无不成之理。即如此番旅行，当初谁不疑虑，虽以大学者自命如臬科尔先生，亦尽力反对，不留余地。幸社长不顾舆论，勇往直前，始有今日。君若待余启行以后，运用奇想，一切旁观者言，均视为狂吠，毫不措意，唯潜思壹志，研究通信之良法，则到底必获成功。余于故国政府之变革，以及人民之进步等事，终有一日可以洞悉的。"时臬科尔正立亚电背后，闻历数其失，且含讥刺，怒不可遏，遽迈步上前，大声道："亚电君！……今所言者，固皆余之过失，然非君所应讪笑者也。君因将远行，乃大笑骂我，以损我之荣誉耶！"说毕擦掌摩拳，颇有争斗之势。麦思敦急握其腕，怒目道："君以私愤，遂想妨害大业么？然则为我等之大敌。我等之大敌，即阖地球人类之大敌也！为人类公敌者，天下虽大，不能容其身，君将如何？"臬科尔不能答，含怒走开。此时自鸣钟已报十点，发射之期，切迫万分。炮旁起重机的铁索，摇荡有声，预备将三个勇士，垂入炮底。社员皆肃然正列，寂静无哗。麦思敦虽禀性刚强，从不屈挠，三岁以后，未曾哭泣一次，至此时也免不得两行老泪，沾湿衣衿；拭泪向社长道："尚可从容，君不偕余同去么？"社长大声答道："我老友麦思敦君乎！余实不能伴汝。不但弹丸狭小而已，君已颓龄，难受辛苦，不如居此地球，静候余等的报告吧！"麦思敦不能再说，含泪而退。旅行三勇士，遂诀别了朋友，垂入弹中，关上铝门，将螺旋捻紧。一轮璧月，渐近中天，天地无声，万众屏息，只听得机械师马起孙大呼道：

"三十五秒——三十六秒——三十七秒——三十八秒——三十九秒——四十秒——放射！"

轰的一声，天柱折，地维缺，无数的旁观者，如飓风摧稻穗一般，东倒西歪，七颠八倒，有目不能见，有耳不能闻，那里还有如许闲工夫，来看弹丸的进路。咄！

　　咄尔旁观，仓皇遍野；而彼三侠，泠然善也！

　　要知放射以后，这弹丸能否直达月球，不堕地上，且待下回再表。

第十四回　纵诡辩汽扇驱云
　　　　　　报佳音弹丸达月

　　却说旅行弹丸发射时，烈火如柱，矗立天外，宛如火龙张爪，蜿蜒上升，少顷蓬勃四散，照耀荓罗理窦地方，成一火焰世界。凡在三百英里以内，虽在深夜，而微虫蠕动，亦历历可见。致其震动之力，实为千古未有之大地震，而荓罗理窦适为震域之中心。由硝药所生之气体，以极大势力，震动空气，空中忽生人造之大暴风，数千万观客，不论何人，均被吹倒，纵横满地，卧不能起。其中的麦思敦，生来是胆大包身，不惧艰险，因欲细看弹丸进路，独立在一百五十码以内，谁料一发之后，竟如弩箭离弦一般，直掷出至百二十尺之外，头晕气绝，冥然如死，良久始醒，抚着腰大叫道："唉，余痛甚！唉，余痛甚！亚电君！巴比堪君！臬科尔君！君等已向月界启行了么？君等在地球时均与余善，而独于月界旅行竟不我许，余虽年老，然较之懒惰青年，却胜万倍，今居然掷余于百尺以外，苦痛欲死，何无情至此耶！"麦思敦大声疾呼，竟无应者。巨大弹丸，已飞行于太空万里之上了。其他众观客，因霎时之间，大受震动,惊怖气绝者,不计其数。少顷渐渐苏生,有抚腰的,有包头的,有络手的,因此耳聋者,亦约有三千左右,宛如大战以后一般,狼狈情形,不能言喻。静了一刻,呼痛之声,忽然大震,其音与弹丸发射时,竟不相上下。众人一面呼痛,一面昂首,想看弹丸的进路。岂知太空冥冥,一碧无际,那有弹丸的片影?仰首问天,天无耳目口舌,寂然不答,只得裹伤扶杖,慢慢回家,除静候轮庇克山望远镜视察者的报告外,别无希望了。此视察者,为侃勃烈其天象台司长,名曰培儿斐斯,既通天文,又精测算,穷理之学,更入蕴奥,为地球上第一天象名家,故托其视察弹丸,诚属妥当已极的。所惜者发射以后,天气骤变,黑云满空,宛如泼墨,加以二十万磅的引火棉,皆化细灰,和入空气,虽略一呼吸,亦不免大害于卫生。翌日更甚,烟雾蔽天,白日失色,虽咫尺亦不能辨。此黑烟渐散渐远,竟达落机山巅,视察者空对着大望远镜,束手痴坐,不能窥见一丝弹丸的影子。麦思敦终日提心吊胆,坐立不安,到第二日清晨,已不可耐,便骑了马,跑至望远镜建设处,见过司长,叹道:"俗语说劳而无功,而余则劳而得祸,余自制造大炮,以迄研究弹丸,无不尽心竭力者,实出于旅行月界之热诚而已。岂料社长不仁,竟不许偕往,且掷之百二十尺以外,仅免于死。因是腰脊受伤,昔独立战争时击伤之脑骨,今复破损,真是不幸之至了!"司长笑道:"君今年高龄几何了?"麦思敦道:"只六十八岁耳。"司长大笑道:"如此,则当以善保余生为第一义,何必侈想旅行呢!"麦思敦愤然作色,怒目道:"这是什么话呢!凡人类者,苟手足自由,运动无滞,则应为世界谋利益,为己身谋利益,肉体可灰,精神不懈,乃成一人类之资格。君不知此理么?"司长道:"诚然!然人类之孳孳汲汲,不遑宁处者,虽曰为世界谋公益,亦半为营菟裘计耳。故壮而逸居,老而劳动者,不能谓之智。君固矍铄,然已无劳动理,社长不令同行,殊非无意的。"麦思敦道:"此事是非,今且勿论,人已仆地,何必再来觅杖呢。然不达余志,则甚有遗憾耳。"司长蹙额道:"麦思敦君乎,黑云蔽天,虽昼亦晦,余等挥霍巨资以制造之望远镜,竟无微效,计自放射至今,已越三日,而太空间仍罩着无边的黑天幕。今日午后,社长等三人当达月界,故不可不视察其结果,报告全球;而天色仍如是,奈何?"麦思敦想了一会,说道:"没有消散黑云的良法么?"司长道:"作汽械巨扇,立空际,鼓动烈风,或可消散于万里之外。"麦思敦拍手道:"妙极,妙极!其大若干?"司长答道:"直径应大二千四百尺。"麦思敦愕然良久,大呼道:"司长先生,天下有造如此巨扇之法的么?余不信。"司长笑道:"君言误矣!以此与月界旅行相较,其难易何止天渊。月界旅行,今已告成,则区区汽扇,岂有不能制造之理!然至今日方才提议,则殊与获盗而后绚绳无异,君视为《天方夜谭》之诡论可耳!"麦思敦笑道:"余亦姑妄听之耳,并非信以为真的。"司长道:"总之,黑云不散,则难见弹丸;不见弹丸,则此望远镜便为赘物。奈何奈何!"麦思敦道:"余等唯待其消散而已,那里有他法呢……"

计自十二月四日至六日,美洲虽烟雾涨天,不辨咫尺,而欧洲则晴空如洗,绝无微瑕。哈沙,罗德洛慈,福柯路得三大天象台,皆了望月球,不舍昼夜,无奈视力太弱,不能达极远之处,只得束手长叹罢了。至初七早晨,忽见旭日半轮,隐跃天末。司长及麦思敦两人,喜出望外,急至客堂商议夜间视察之法。岂知不到午后,黑云如磐,又堆满了空际。麦思敦不禁焦急,只是对着司长连呼"奈何!"司长亦握手顿足,无法可施。麦思敦道:"噫,徒忧无益,不如小饮为佳!"司长道:"余亦喜饮酒,与君对酌何如?"两人遂行过望远镜旁,进了新筑室内。司长呼使丁取出许多酒类,问道:"葡萄,白兰地,香槟皆有,君生平好饮那一种的?"麦思敦道:"从汝所好。"司长点头,酾一盏葡萄酒,递给麦思敦,又自斟了一盏,且谈且饮,不觉尽醉。初八九两日,依然浓云密布,不能视察。司长及麦思敦两人,醉而醒,醒而歌,歌而饮,饮而醉,终日蓍腾,不知朝夕。至初十日,麦思敦宿醒甫解,即忆及弹丸之事,大叫道:"天尚未晴,天帝何妨余之甚耶!彼三个勇士,不惜身命,冒险旅行,冀补助学术于万一,天帝岂可不眷佑之?然胡为使地球上人,不能知其所在耶!"司长醒来,推窗一望,亦默然无言,仰天长叹。幸十一日午后,烈风骤起,乱卷暗云,遥望长天,宛如斑锦。入夜,已空明如洗,不复有微云一点,渣滓太清,于是弹丸进路,遂得发现,自亚美利加全洲,以至欧洲诸国,均用电报通知,他人私信,因此阻止者,不知多少。司长即致一书于侃勃烈其天象台道:

迩日天色黯淡,浓云连绵,虽有巨鉴,不能远瞩,问天不语,引领成劳,如何如何!昨晚赖风伯之威,顽魔始退,并借麦思敦氏臂助,乃发见由司通雪尔地方哥仑比亚炮所发射弹丸之进路,再三思索,知因发射稍迟,遂与月球相左;所幸者距离非遥,必能受吸力而落于月界,然复非立时堕落,当随月球回转之速力,以环游月世界一周。侃勃烈其天象台职员诸君阁下:十二月十二日。

培儿斐斯

  此时天下万国,既得电报,诸新闻杂志,皆细述颠末,作论祝贺。麦思敦欣喜过望,向司长雀跃不止。且说道:"呜呼伟业,今已告成,彼等三人,正游月界;若余者,虽近若地球,亦未尝环游一次,对彼等大人物,能不羡煞妒煞么!"司长道:"余亦甚羡之,然只得以老自解嘲耳。"麦思敦若无所闻,又说道:"此时余之三良友,推窗凭眺,奇景殊物,来会目下,巴比堪氏必详记于手帖,将以报告余等,故余等宜静俟之。"司长道:"然,余亦唯静俟巴比堪氏之报告而已。"

地心游记

DIXINYOUJI

第三回　助探险壮士识途　纾贫辛荒村驻马

前回说亚蔿士自得了法国朋友观剧探幽，颇免羁旅之苦。然华年易逝，不觉又过几时，行期益迫，汤珊氏便送了三封绍介书，一致雷加惠克府长官，一致大教正，一致府尹，嘱其善为招待。至初二日清晨，将所有行李，均搬入华利吉猎舰内，舰长引两人进了船室，虽小仅容膝，然种种装饰，却精美绝伦，颇堪娱目。少顷，汽笛碌碌然鸣了几声，飞沫激舷，遗烟如缏，已向茫漠海原间驶去。亚蔿士登高远眺，极目无垠，白云在天，波静成縠，景色伟大，嗒焉若忘。然偶入船室，则即闻老叔父猎猎然的声音，促膝相对，愈无聊赖。好容易过了两周间，已抵哈恤呵图港口。哈恤呵图者，衣兰岬首府雷加惠克之郊外也。其北有峰，上凌天末，积雪皑皑，绕以游云；列曼望见之大喜，指谓亚蔿士道："此即火山斯捺勿黎！斯捺勿黎也！！汝盍视之。"亚蔿士那有如许工夫，来看火山，只管招呼行李，舍舟上陆。又把三封绍介书，交了邮局，诸人知之，皆大欢迎，款待优渥。其中雷加惠克府的博物博士弗力克孙，与亚蔿士尤契。博士善腊丁语，负盛名，好宾客；而亚蔿士则寂寞寡俦，殆

第一回　奇书照眼九地路通
　　　　流光逼人尺波电谢

　　溯学术初胎，文明肇辟以来，那欧洲人士，皆沥血剖心，凝神竭智，与天为战，无有已时，渐而得万汇之秘机，窥宇宙之大法，人间品位，日以益尊。所惜天下地上，人类所居，而地球内部情形，却至今犹聚讼盈庭，究不知谁非谁是。从前有个学者工石力子，曾说："地球中心，全为液体。"一般学子，翕然从之。迨波灵氏出，竟驳击不留余地，其说道："设地球中心，是沸热的液体，则其强大之力必将膨胀，地壳难免有破裂之患。犹气罐然，蒸气既达极度，则訇然作声，忽至龟坼。然我等所居的地球，为甚至今还是完全的呢？"波氏之说出，这班随声附和的学士先生，也只得闭口攒眉，逡巡退去了。今且不说，单说地壳厚薄，仍然是学说纷纭，莫衷一是。有的说是十万尺，有的说是三十七万尺，有的说是十六万尺，而有名的英国硕儒迦布庚，则说是自百七十至二百十五万尺。唉，好了好了，不必说了！理想难凭，贵在实行。终至假电气之光辉，探地府之秘密者，其势有不容已者欤。

却说开明之欧土中，有技术秀出，学问渊深，大为欧、美人士所钦仰之国曰德意志，鸿儒硕士，蔚若牛毛。而中有一畸人焉，名亚蒴士，幼即居其叔父列曼家，研究矿山及测地之学。列曼为博物学士，甚有盛名，矿物、地质两科，尤为生平得意之学；故常屏绝家事，蛰居书斋，几上罗列着无数光怪陆离的金石，穷日比较研究，视为至乐。且年逾五十，体力不衰，骨格魁梧，精神矍铄，隆准斑发，双眸炯炯有光。其明敏活泼的性质，便是青年，也不免要让他几步。一日，独居书斋，涉猎古籍，不知有何得意，忽然大笑几声，虾蟆似的四处乱跳。亚蒴士正从对面走来，见如此情形，不觉惊甚。忙问旁边的灶下婢道："叔父何故如是？"灶下婢摇手答道："不知，主人没吃午餐，并命晚餐亦不必备；停了片刻，便跳跃起来，谅是不吃饭的高兴了。"亚蒴士越加惊疑，暗想此必发狂无疑，唯呼洛因来，或可稍解其烦闷。仰首吐息，涉想方殷，不图列曼学士早经瞥见，大声叫道："亚蒴士！亚蒴士！来来！"亚蒴士闻言，连忙入室。列曼命他坐下，徐说道："余顷读腊丁奇书，知衣兰岬岛的斯捺弗黎山，有最高峰曰斯恺忒列。每年七月顷，喷火以后，其巅留一巨穴。余欢喜无量，不觉雀跃，余覃思大念，欲旅行地底者久矣。今幸获新知，可偿夙愿，故决计一行，汝将如何？行乎，抑居乎？"这亚蒴士，本有献身学术的牺牲之志，今闻列曼言，也不觉手舞足蹈，不待说完，便拍手大呼道："赞成！赞成！愿从愿从！"列曼笑道："事不深思，便呼赞成，迨欲实行，必至畏缩，尔须再三思维，不可如是草率。若一闻创论，想也不想，即满口答应,到后来却踌躇不进,是要贻笑于大方的。"亚薡士仔细一想,果然有点危险。然丈夫作事,宁惧艰危?为学术的牺牲,固当尔尔。便把决心之故,告知了列曼,起身辞出。万端感想,倏涌心头,意大地中心,必有无穷峪巇,或遇酷热,熔石为河;或遭冱寒,坚冰成陆,怕比风灾鬼难之域,更当艰辛万倍哩!唉!行路难,行路难!想去想来,那明月丽光,已辉屋脊。只见洛因已从门外款款而入,黛眼波澄,蜷发金灿,微笑问道,"君气色大恶,遮莫有烦恼么?"亚薡士道:"洛因洛因!长为别矣,不及黄泉,不能相见。这人间界,是卿的领分了!"洛因见亚薡士如醉如狂,满口呓语,愕然道:"君何故吓妾,今愿速闻其详。"亚薡士道:"我忧吾叔父狂耳。"洛因道:"狂?妾今晨殊不见有狂态。"亚薡士道:"真的!君试与谭,便知狂态。"洛因道,"究因何事呢?"说毕双眸灼灼,促其速答。亚薡士便从虾蟆似的跳跃说起,自头至尾,细细讲了一遍。洛因且听且思,不觉乐甚,反安慰亚薡士道:"叔父安排,必无错误,君可勿忧。"并说了许多闲话,从容而去。

原来这洛因,是列曼的亲戚。生得蕙心兰质,楚楚可怜,与亚薡士极相契合。然洛因虽是女子,却具有冒险的精神,敌天的豪气。所以得知此番地底旅行,却比亚薡士更为欢喜。而亚薡士,则自洛因去后,敛心抑气,徘徊房中,久而久之。洛因含笑入室,两道视线,直射亚薡士之面,说道:"妾适聆叔父之言,极有义理,决无不虞,且知君当时极力赞成,今为甚背地里如此为难呢?噫!行矣男儿!亚薡士君!"雄赳赳的说了几句,返身归房去了。亚薡士转想，果然不错，大丈夫不当如是么？便制定心猿，展衾就睡。无奈三尸作怪，梦中不是见熔岩喷溢的火山，便是遇怪石嵯峨的深谷，彷徨四顾，寂无一人，危哉危哉，悲声成嗄，及大呼出险，醒来才知是自己的声音。探首望玻璃窗，已有初日的美丽光线，闪闪然作红蔷薇色了。

亚蔿士急推衾披衣，推窗一望，见已有许多人夫，蚂蚁似的盘旋中庭。列曼屹立其间，指挥收拾行李。亚蔿士失声道："呀，迟了，这位老叔父，不知又要唠叨多少话哩！"便匆匆出房。这列老先生，果然大有嘲笑之色，冷笑道："哼！你真勤极，睡至此时，你是做什么的呢？此刻不是十点钟么？"亚蔿士漫应道："是十点钟了，然叔父为甚匆促至是呢？"列曼道："你还不晓得么？我等是明天要动身的！"亚蔿士闻言，惊其过速，问了一句，"为甚明天就要动身？"而列老先生又发起恨来了，他说道："我等是优游卒岁的人么？你怕死么？如此推托，你惜别么？同那洛因，有长图大念的人，是可以惜别的么？"列曼絮絮叨叨，说个不了。亚蔿士没法，只得装着悠然的样子，强辩道："我是一无所惧的，有谁说我是怕事的，谅未必有罢。我的意思，不过以为从容办事，才能完善，后面又没催促的，何必像逃难一般汲汲如是呢。"列曼道："没有催促的么？这光阴不是么？"亚蔿士还说道："今日是五月廿九，至六月杪，尚有……"列曼道："你开口便说尚有，这'尚有'两字，便足为你是懦夫之证了！须知我等往衣兰岬岛，是遥遥远道，与赴巴黎不同。你以为同往巴黎一样么？若非我昨日终日奔驰，你连那从可奔哈侃至雷加惠克（衣兰岬之首府）的汽船，只在每月廿二展轮一次的事情，还没晓得呢！"亚蔿士不能辩，期期答道："原来如此，我却未曾留神。"列曼又道："若待廿二，唯恐后时。我等须早往可奔哈侃才是。"此时一切行李，如绳梯、卷索、火绳、铁键、铁柄的木棍、铁锤等，都已停妥。重复细心调查了几遍，装入行箧中，把螺旋捻紧，只待翌日启行。亚蔿士也神气发皇，奋力理事。盖自趋绝地，壮士或为逡巡，然死迫目前，懦夫亦能强项。亚蔿士之奋迅雄毅，一变故态者，如是乎？抑非如是乎？

　　青年亚蔿士，于一刹那顷，大悟彻底，舍身决志，以赴冥冥不测之黄泉。洛因亦来，百方慰藉，亚蔿士为之奋然生踏天踔地之概。时长夜迢迢，更漏渐渐，雄风凛凛，私语切切，残月上窗，万籁俱绝，而亚蔿士眠矣，而洛因去矣。不知何时，忽闻有弹窗以呼者曰："亚蔿士君！亚蔿士君！"亚蔿士心中一跳，跃然而起。

第二回　割爱情挥手上征途
　　　　教冒险登高吓游子

　　却说亚蓠士梦中听得叫声，吓了一跳，幸而仔细听去，是平日常来惊梦的洛因，在外叩窗说道："亚蓠士君，再不起来，又要讨叔父的骂了。"亚蓠士连声称是。急忙起床，洗盥毕，已是朝餐时候。走进食堂，见叔父列曼，笑容可掬的，已吃得腹笥便便，还拿乳羔炙鸡，张着口大啖不止。瞥见亚蓠士进来，招手命坐，满口含着食物，含糊问道："你一切事都预备了没有？"亚蓠士答道："都妥当了，我本来没有预备的事。"列曼拍手笑道："好好！既如此，你快吃朝餐，那驿马已在门外等久了！"遂回过首向洛因道："亚蓠士远行，你要寂寞了，然我望你善自摄卫，与时相宜。"洛因微笑道："这自然，多谢叔父。"列曼点点头，又对灶下婢说了许多看守门户的要领，侍奉洛因的规矩。才说完，便把两目直注在亚蓠士吃饭的口上，呆呆立着。亚蓠士虽才半饱，然没奈何也只得投匕而起。列曼口里嚷道："走罢走罢！"便橐橐的先自出去。亚蓠士见叔父先行，便来同洛因握了握手。洛因还说什么前途保重努力加餐这些话。亚荔士却说不出一句话来，装着笑容，返身便走，上了马车，在列曼对面坐下。驭者加上一鞭，黄尘拥轮，去如激箭。亚荔士眼中，唯仿佛见亭亭倩影，遥望车尘；而马车一转，正被列曼遮着，暗忖道："予欲望洛兮，叔父蔽之……"然马车已抵迦修荆士汽车驿了。两人即换坐轺车中，未几汽笛一声，车动蠕蠕，既而如风行电掣一般，自驿间驰出。亚荔士检点过行李，列曼从怀中取出一封绍介信，说道："这是我故乡刚勃迦府的驻扎领事丁抹国的芬烈谦然氏写的。"便要读给亚荔士听，什么"有博物学士列曼君"又是什么"有地底旅行之大志"。亚荔士虽随口答应，其实并没听得半分。只见四围景色，都如过眼烟云；一带高原，倏在轺车之后。不多时竟到吉黎海岸了。

列曼学士说一声"我觅汽船去！"早已执杖下车。亚荔士招呼行李毕，急到船坞。见这老叔父，已面红耳赤，在汽船上乱跳，口里说道："其实可恨，你们总欢喜待，岂非浪费光阴么？我看你们待到什么时候！"原来这艘汽船，必待夜中方能出发，非静候九时间，不能启行。他性质本来褊急，越想越气，所以寻着船长，又在那里大加教训了。船长却悠然答道："阁下何必着急如是呢？荒村景色，处处宜人，策杖寻幽，岂不大佳么？"亚荔士亦在旁笑道："终日奔驰，独未探得此事，此刻有什么法子呢？"列曼没法，只得走到平原，瞻眺风景。但见茅屋参差，远林如荠；晚禾黄处，小鸟欢鸣；乳羊成群，牧童偷睡。亚荔士亦为之心旷神怡，大赏旅行的佳趣。渐而晚山争赭，暮霭苍然，两人便入村中，饮了几瓶啤酒，徐步登舟,已将夜半。少顷,汽船埃雷,已吐烟排浪,向哥逐尔庐进发。翌日十点钟,到了可奔哈侃府郭外。遂舍舟登陆,在芬尼士旅亭解了行李,小憩片时,列曼呼使仆问道:"此地的北方博物馆何在?"使仆答道:"此去不远。"列曼遂偕亚蔼士出门,向博物馆而行。此博物馆,虽基础不宽,构造甚质,然经干事汤珊氏多年辛苦经营,故北方的名产古物,无不蒐罗荟萃。每年观客,实繁有徒。汤珊闻二人来游,欢喜不迭,待遇极为优渥。列曼将调查往衣兰岬汽船的出发日期一事托了汤珊。汤珊说:"六月二日,恰有丁抹国的华利吉猎舰,向雷加惠克府进发。"列曼大喜,谢了汤珊。又拉亚蔼士同去拜会舰长,说明来意。舰长拨伦道:"二君可于礼拜五午前七时来此。"列曼也不再责他待时,唯唯作别,归了旅馆,豫计行期,尚距数日。二人旅居大都,纵览名胜,还不至十分寂寞。唯亚蔼士虽历览雄都,终不免时生遐想,望伊人兮天一方;挑灯偶语,联袂游行,都如昨梦,不可得矣!亚蔼士方支颐驰思,恍若有亡,而好事的叔父,却偏惠然肯来,早立其侧,问道:"亚蔼士!你想甚么?想上这谯楼一游么?我陪你去。"一面说,一面向空中乱指,亚蔼士连忙答道:"不是不是,我登高时,要昏眩的。"列曼笑道:"晕眩这种事情,都不能习惯么?不行不行。"亚蔼士还不肯,无奈列曼苦劝不已,只得懒懒的同到谯楼,但见古壁图云,飞甍入汉,真好个所在。列曼令门守开了门,偕亚蔼士拾级而上,其中冷气森然,昏不见掌。亚蔼士已浑身寒栗,不能复耐,行了几百级,目眩头晕,几欲仆地。大叫道:"我不上去了。"列曼怒叱道:"你如此懦弱,是个请安装烟科学生的胚子！能旅行地底的么？"亚蔫士不得已，缒着列曼衣襟，战战兢兢，竭力向上，不一时，竟达绝顶，开眸一望，则飞云如瀑，御风而驰，轻帆疑鸥，浮游波际。瑞士的海岸，正返照入两目之中，其景色之高尚伟大，为生平未曾梦见。约一时后，乃徐步下楼。亚蔫士才觉筋骨爽然，如释重负。然年龄方幼，未涉征途，受了一点钟的冒险教育，不免又生游子天涯之感。幸而得了一个朋友，是法国人，渐相契合。或探古迹，或游梨园，拿这人作了拄杖，始免羁旅之苦。盖丁抹梨园，华丽甲天下，优人之尊，世无其匹，有入大学兼修数种学科而卒业者，有出入宫禁，王公大臣争来交欢，愿为其义子从仆而不可得者云。

将匝月，略一跳荡，老叔父辄呵责随之。今不意得博士，一见如故，羁思为春，天涯游子，喜可知也。

雷加惠克府者，为火山脉地，以繁庶称。彼都人士，熙熙有古风。纪元八百六十一年顷，有海盗曰那独治者，漂流至此，遂率从卒与土蛮战，歼之。荜蕗褴褛，以启山林，渐而占有全岛，名之曰衣兰岬。今之尽力以教岛民开文化为己任者，即弗力克孙博士。风土习俗，知之最深。列曼及亚薾士就之请益者，日必涉数时间。一日，列曼乘间劝道："君能从我作地底游乎？"弗力克孙怅然道："固所愿也。无奈土人留余，逆之恐不利。"列曼道："君隐遁于未辟之区，余深为君惜。"弗力克孙微笑不答，荐一猎师为两人作导者。列曼称谢而别。次日，果有一壮士，气象威猛，自称猎夫梗斯，踵门求见。亚薾士见其仪表非凡，欢喜不迭，忙出来应接。无奈这人操着丁抹语言，亚薾士毫不能解，面面相觑，默然无言；只得请出老叔父来，咭咭哃唎的谭了良久，才知雷加惠克府中，虽有水路，却无舟楫。欲至火山左近，必须陆行。此时送行之人，已拥挤了满屋，列曼也不暇应酬，只管摒挡一切，拣了各种器械，及磁石，显微镜，轻便电光灯等，并六个月的食物，装入马车，与诸人作过别，跨马登程。梗斯徒步向前，登山越岭，如履平地。然衣兰岬种的健马，也不劣于梗斯。无论积雪暴风，危岩峻坂，都无畏怖。三人两骑，如离弦的弩箭一般，蹴衰草，踰薮泽，沿寂寞之海岸，入阴郁之森林，渐与叫怀黎吉留的寺院相近。驰驱终日，大觉疲劳。然衣兰岬地方，与欧洲大都不同。每逢六七月间，则杲杲皎乌，终夜不没。故虽近午后七时，仍如白昼。唯烈风砭骨，渐觉肌肤生粟而已。少时，抵一古村，向民家借了宿。村中民情淳朴，古道犹存。款客者虽无非蔬食菜羹，而其意却十分周挚。小儿绕膝，驯不避人。女子行觞，嫣然劝客。亚蒍士睹此情景，疑入桃源，欢喜无量。叹道："文明之欧洲，此风堕地久矣！"翌日，列曼报以金，拒不受。三人遂殷勤道谢，策马趱行。

列曼等一行三人，晓行夜宿，看看渐近火山，走路也十分艰苦，泪洳没体，荆棘钩衣，人马皆为劳瘁；然都勇猛前进，不萌退心。又数日，竟到所谓四无人踪，唯石岩峣的所在。但见幽泉暗流，鸣禽巧啭。许多火石岩，更为奇绝：有似鬼怪的，有似美人的，有似动植的，有似刀斧的。怪章诡质，栩栩欲生。凡诸草木，诸金石，无不殊特珍奇，震骇心目。列曼鹗顾四面，不暇究详。口里说着什么："伟哉夫造化！"大有流连忘返之状。既而怀黎吉留寺院已在目前。寺中住持，衣垢衣，履敝舄，扶杖出迓。盖此寺中僧侣，皆或猎或佃，自食其力，与自称持斋念佛之混账行子不同，故衣履亦不遑修饰。然其性行却皆坚苦清白，迩于神人。道气盎然，现乎其面。昔衣兰岬岛有诗人曰大罗克逊者，曾幽栖于此。有诗云："我生七十年，未离乞者相。"力田自食，冲淡无为。至一千八百二十一年，溘然蜕化。四邻居民，亦均有遗世独立之概。其地之高尚可知。亚蒍士等三人，即驻马于此寺。雇了几个土人，令搬着行李，向火山口进发。途中列曼与梗斯两人，纵论火山诸事，渐涉危险。列曼笑问道："君能从我游乎？"梗斯大笑道："上穷碧落下黄泉，吾犹不惧！况区区火山口乎？吾往矣！"亚蔿士突然问道，"叔父不怕失道么？此地险甚。"列曼道："胡说！你随我走！不必怕的！"亚蔿士默然，极目所见，除草木鹿豕外，几无别物。忧惧殊甚。只得又问道："火山喷火之前，是呈如何征候，须问明土人才是。"列曼怒叱道："你平日的学问都忘了么？不信我的话么？我已说过，不会错的。"两人且语且行，已至一峡。火山飞灰，漫山皆是。余气勃勃，蒸成白云。列曼道："这不是已经喷火过的凭据么？决无危险的！"亚蔿士口虽应是，心中终难释然。递夜息旅馆中，忧思过深，屡见噩梦，大呼而醒者数次，此六月二十三日事也。

第四回　拼生命奋身入火口
　　　择中道联步向地心

这斯捺勿黎火山，高五千仞，戴雪负云，每逢喷火时，照耀四方，虽深夜亦如白昼。亚葨士及列曼两人，跟着梗斯，彳亍前进，路细如绠，不能容足。亚葨士至此，始将物理及测地学之原则，参照所见，获益甚多。又察地质，知衣兰岬岛往古必潜海底，火力郁盘，一激而上，遂为陆地。更不知经几何的人治天行，乃成此境。点首太息，徘徊不前。此时路道大难，危险无匹。凝结的火石，光滑如玻璃一般，不能托足。二人口里呼着"滑！滑！"连爬带走，紧随梗斯，不肯稍退。无奈越高越滑，列曼一不留心，忽向下滚。幸而所持铁杖，钩住了火石阶级，始免坠至山脚之祸。到三点钟时，已抵三千二百仞的高处。冷气如冰，拂面欲裂。亚葨士血色已失，寸步难移。连列曼的老好汉，也气喘不止，身如负重，大呼道："梗斯！梗斯！暂且歇息罢！"梗斯向前指道："将到绝顶了，略耐一刻，快走罢！"列曼无法，只得缒着梗斯拄着杖，佝偻再走。忽见尘埃石块，乘着旋风，如大铁柱一般，当面扑到。梗斯大惊，忙麾两人躲在山窈里面，才能避出，旋风已蓬蓬然向前飞去。梗斯道："这是常有的，倘若躲避不迭，我等都不免化成齑粉。"亚蒉士闻言，心甚惊惧，豫计行程，约须五个时间，始达绝顶，骑虎难下，暗自担忧。加之空气渐稀，呼吸亦迫，宛如失水的鱼，张着口喘息不已。幸而夜间十二点钟，竟至火口左近，向下一望，仅见浮云。足底的太阳，青光荧荧，不能普照。睹其阴森惨憺的情形，几疑非复人间世界。梗斯取出面包，各饱餐了一顿，卧地歇息。岩石之冷，冰人欲僵。片刻后，又向南方进发。偶瞰下界，邃谷如盂，大河如丝，而广厦重楼，则已不可复辨。列曼遥指西方道："此格林兰角岛也。"亚蒉士抬头看时，果见西方仿佛有若云点者，闪闪天际。惊问道："这就是格林兰角岛么？"列曼道："正是。然与此处仅距三十五万尺而已。"亚蒉士再取望远镜细视，大喜道："果然！果然！我连在水边游泳的白熊，都看见了。"列曼指一高峰，从前曾由此经过者，问梗斯道："此峰何名？"梗斯端详了一会，答道："名曰斯恺忒烈者，即此是也。"

是时，斯捺勿黎火山，已在目前。光泽莹然，形如覆釜。周围直径凡五千尺，深约二万方尺。探首俯视，杳如黄泉。梗斯从囊中取出绳索，系在两人腰间，叫道："小心！小心！！"竟引入杳杳冥冥的黑狱之内。到十二点钟，已达中央，偶一举首，唯见青天一规，蔚蓝澄寂，寒星炯炯，微生芒角而已。洞中复分三岔，直径约各百"趺得"，深浅不知，昼夜莫辨。列曼站在中央的岩石上，放声大呼，四壁震应。亚蒉士骤闻之，疑其堕入深坑之内，高呼救命，战栗不知所为。列曼冷笑道："我好好的在此,你喊救做甚？"亚薦士才觉放心,急走近列曼身傍,两手在列曼头上乱摸。列曼笑道："我说在此,你还不相信么？然梗斯如何了？"梗斯忽冷然答道："我倦欲眠,略纾辛苦,君等盍亦少安乎？"亚薦士,列曼两人,便也摸索至梗斯身边,曲肱而卧。然洞穴之中,风声如啸。辗转终夜,难入睡乡。迨第二日,忽遇霖雨,淅淅不止,直至廿八日晌午,始见赫赫日光,射入洞穴之内。列曼忻然指着中央一穴,大声道："此即达地球中央之道也。亚薦士乎,梗斯乎,其从我来！"于是两人亦摸索而行,到了洞口,测其直径,约百"跌得",周围三百"跌得",偻身一窥,深杳不知所届,毛发为之悚然。亚薦士战战兢兢,捉着梗斯的手腕,暗自悔恨道："余当初偶登谯楼,便生厌恶,早知如此,倒不如多登几次的好了。"列曼忽说道："你们各把行李分开,负在背上,然后下降。"亚薦士道："若粮食诸物,则我能背负的。然衣服、绳索、梯子,将如何处置呢？"列曼道："把他摔下去,就是了。"亚薦士大惊道："摔下去么？"列曼见他又发呆问,便大声道："这何足为奇？你何必如此大惊小怪呢！你看,你看！"遂命梗斯,将粗重物件,都摔下洞去,霎时而尽。唯留下轻便的家伙、粮食,分作三包,各负于背。梗斯在前,列曼及亚薦士后继,徐徐走入深奥。虽有电光灯,然发光如豆,仅足照见方寸,仍是黑魆魆的,不辨路径高低。渐走至百"跌得"的所在,则阴气萧森,竖人毛发,土石崩坠,窸窣有声,崎岖不可言状。约半点钟,忽听得梗斯大呼道："不要进来！诸君不要进来！！"

第五回　假光明造物欺人　大徼幸灵泉医渴

却说亚葛士及列曼闻梗斯之言，慌忙立住，梗斯道："呵！你看前面是甚么东西？莫是妖魔窟么？"两人定睛看时，果见远处，仿佛有光，闪闪作怪。列曼大声道："莫慌，决不要紧的。明日一看，便知底细。"亚葛士亦大声道："不是出路么？"列曼道："或者有之，亦难豫料。今日姑休息于此。清晨再走罢。"梗斯遂取出食物，罗列地下，三人围坐而食。食毕就睡不表。次日醒来，越觉前途似有一线光明，照破黑暗世界。面目衣服，依稀可辨。心中皆甚愉快。列曼途中安慰亚葛士道："你看幽寂如此，在家乡刚勃迦时，遇得着如此佳境么？"亚葛士答道："幽寂果然幽寂，然未免有凄凉的样子。"列曼道："你怕么？以后不许再说这宗议论，前路正长，不可自伤锐气的！"亚葛士道："叔父，你开口便说前路，究竟这前路何时能到？何时才息呢？"列曼傲然道："据理讲来，这洞穴之底，必与海面平行。故能探见蕴奥，便可遄返了。"列曼左手提着电灯，右手执杖，且行且语，已出了一道长廊，大笑道："所谓出路，居然到了。"亚葛士大失所望，狂叫道："唉！所见光明，乃即此物耶？"原来前面石壁间，排列着许多天然结晶的石片，棱角修整，如加琢磨；光怪陆离，互相掩映，宛然七宝装成的世界。加以映着电光，愈显得十色五花，缤纷夺目。三人赏观良久，复向前行，踏着从岩上坠落的疏土，足下苏苏有声，疑行秋径。到夜间五点钟，拣一地方，预备安息。穴中虽空气颇稀，不够呼吸，然时有微风吹拂，披襟当之，倒觉满身愉快。于不知不觉间，入了睡乡。次日临行，亚薏士取出水囊，饮了几掬。忽然埋怨道，"我久已说过，多带些水来，而叔父偏说地中必有石泉，不消携去。今我们已走了这许多日子，可有一滴石泉看见么？此番便不烧死，也一定要渴死的了。"列曼道："不消着急，你怕没水吃么？囊中的水，饮用五日，尚绰绰有余。那时更行向前，石泉不知多少，谅你还吃他不尽哩！"亚薏士道："向前？前面难道与后面不同？未必有罢！"列曼道："再进深处时，觉温度渐增，必遇泉水。倘若没有，你回去就是了。"亚薏士见列曼发怒，不敢再说，却曲而行；盖尔时已在深六千"跌得"之处矣。

至七月二日，忽遇十字隧道，三人毫不犹疑，仍向前进。其地既无微光，又甚狭窄，亚薏士大惧，问道："毕竟往那一方走，才是？"列曼不答，折而东行，两人只得跟着。或佝偻，或匍匐，难易莫择，艰辛万状。盖地中旅行，既无先导，复无把握，不同在地面上，有地图罗盘，指示方向，只凭着列曼指挥，向前乱撞。倘偶然大意，不消说是难免有性命之忧。然梗斯是个猎夫，不晓得忧深虑远，唯亚薏士思前想后，步步生愁，将四面石壁，端详了一会，对列曼道："观此洞穴的两旁岩石，大有渐近地面之状了。"列曼道：

"你莫乱想！我们极难的地方，已经过了不知多少，便是渐近地面，有何可怕呢？"亚薏士大声道："真的！真的！我们此刻走路，不是像登山一般么？"列曼怒叱道："胡说！"亚薏士争道："胡说？是山！一定是山！！"列曼置之不理，纵身飞跑。亚薏士没法，也只得拼命疾走。忽见电灯的光，返照稍薄，知岩石之质，已与前者不同。便大叫道："啊！地球第二变革时代的岩石到了。"列曼道："你又来胡说！"亚薏士道："我是在此考察学问！你莫听错了！"便提起电灯，照着岩上的石灰沙土，给列曼看。列曼默然。亚薏士暗想道："你也有闭口的时候的么？"然终日说话不止，又觉口干，便向列曼要水。列曼道："囊中已无滴水，待前面觅得时再饮罢！"亚薏士不语。过了半日，大叫道："口又渴，足又酸，不能走了！"列曼大怒道："你故意纡滞，想回去么？已走了这许多路，能回去的么？"便来搀着亚薏士的手，挽之前行。亚薏士且走且说道："昔哥仑波之探亚美利加也，在舟中合掌誓神，以慰愤懑不平之麦多罗士曰：'汝姑忍之，若三日后不遇新洲，则誓归故国。'今我亦誓于神，告我叔父曰：'若一日之后，尚无泉水，我也只得回去的。'"列曼应道："甚好！甚好！若再无泉水，我亦偕汝言归！汝姑忍之！"此时疾行如飞，又进了一条隧道。久之久之，仍不见有泉水的形迹，连强项的列曼，也只可叹一口气，翻身卧倒，束手待毙了。三人张着口，渴不能耐，喉痛欲裂。亚薏士伏在列曼身边，喘息不止。梗斯则四处乱钻，寻觅泉水，忽然不知所往。今也两人希望已穷，焦渴欲死，僵卧饮泣，惨不可言！倏见梗斯从对面跑来，尽平生之力，大呼道："域颠！域颠！！"列曼闻之，一跃而起，曳着亚蔺士，没命的飞奔。原来"域颠"为衣兰岬岛方言，即"水"的意思。所以列曼闻之，如得神托一般，欢喜无尽。忙问道："在那里!?"梗斯向前乱指，遂随之行。约二千"跌得"，已听得淙淙然的声音，料不在远。列曼大喜，额手道"此正石泉也！"亚蔺士至此，神色稍定，声嘶道："流水么?"列曼抚其背，答道"正是！正是！"然觅了良久，终不见石泉的所在。仔细听时，却在后面，越走越远，水声越微。三人十分忧闷，只得返身回来。梗斯静听片时，忽从腰间取出铁锥，向石壁击去。亚蔺士大惊道："危险！危险！倘凿开石壁，积水涌出，我们不要溺死的么?"列曼道："不妨！不妨！……泉伏石中，我竟未曾想到，真昏瞆极了！"梗斯神色从容，穿了两"跌得"，已达泉脉。飞泉如弩箭一般，直向外射。亚蔺士急用手去掬，忽大叫一声，退了几步，滑倒在地。列曼大惊道："为何？为何?"亚蔺士呻吟道："痛甚，这水是沸的！"列曼回头看时，则水中蒸气，已向上冒，袅袅如雾，弥漫穴中。梗斯取出器具，接了泉水，放在地上，尚未冷透。亚蔺士已爬过来，牛饮而尽。三人又另饮了数盂。列曼道："此铁矿泉也。故臭味如此！"梗斯又将水囊装满，就近搬了土石，把孔塞住。然流水已汤汤遍地，复从穴间渗出不止。三人至此，始复人色，惘然久之。列曼道："此水任其自然就下之性，不必理会。亦无什么危险。我们权息于此，待明日再走罢！"于是拣了一处干燥地面，一同休息。是日过于疲劳，一卧倒便都酣然睡去，虽水声潺潺，不复能惊梦寐了。

第六回　亚蔾士痛哭无人乡
　　　　勇梗斯力造渡津筏

　　却说翌日醒来,都忘苦渴。亚蔾士锐气勃勃,勇健如常,奋然在前,掉臂而进;且放声高歌,震得两旁石壁,皆嗡嗡作响。自励道:"以后再不可退却了!"至八点钟,这一道长廊,仍然迂回纡曲,如卧长蛇。唯觉偏向东南,非一直线。溢出的泉水,亦汹汹下流,不舍昼夜,若追踪逐迹者然。列曼道:"水必就下,迄于地心。我等随之行,终有达地底之一日。"三人晓行夜宿,不觉到了十二,仿佛已至雷加惠克东南方三十"迷黎"的所在。迨十七日,又下降了七"迷黎"。大约自斯捈勿黎火山直起,已在五十"迷黎"之下。亚蔾士想及此,忽然拍手大笑。列曼在后,问道:"你笑什么?"亚蔾士道:"我既居衣兰岬岛之直下矣,怎么不笑呢!"列曼道:"正是!正是!你的话,一毫不错。"便取出磁针、测量器、寒温表等,将远近纵横,寒温方角,细细检查了一遍。说道:"我们已过幡兰特岬,不消几时,即可在大海之下矣。"亚蔾士道:"正是!我们将到大海之下了。我们头上,必有悲风煽水,怒浪拂天,鲸鲵啸吟,鳄鱼蠕动的情景。旅客一叹，舟子再泣，诚足忧悲，不可说也。彼等岂知乃有忘人间世而生活于地球里之我辈哉！"三人跟着流水，又向前行。出长廊，经洞穴，遇崎岖之险道，攀崚嶒之危岩。转瞬之间，已将半月。虽然辛苦，然以较从前，则还算平安无事。一日，亚葂士居前，进了一个洞穴。岩石磊落，艰险无伦。偶不措意，忽跌倒于地，所提电灯，正磕在一块尖角石上，哗啷一声，碎为微尘。亚葂士躺了半日，爬得起来，列曼已不知所往。只得竭力大叫，摸索而行。不料这个洞穴，竟是一条死路。愈走愈狭，渐难容身。四壁阒然，不闻人语。想列曼等两人，已从他道走远了，亚葂士身上又痛，心里又愁，路径又暗，一步一跌地出了洞穴，仍然不见有一点灯光。暗想追着流泉，或能相见。然无奈电灯既熄，流水无声，不知往哪里走才是。一时万虑攒簇心头，忽目眩耳鸣，伏地不能起；忽觉身上冷汗沾衣，用手一摸，嗅之微有血腥，知皮肤已受擦伤。然窘急之余，竟不觉十分疼痛，定神细想，悲不自胜。恨列曼，骂梗斯，忆洛因，大声道："汝以谓我尚旅行地底乎？吾死久矣！"说毕，泪如雨下。停一会，只得又站起来，大叫道："叔父！梗斯！"仿佛似有应者。然侧耳细听，则无非四壁反应的声音，如嘲如怒而已。亚葂士没法，按定了心神，匍匐而前，大呼不辍。耳畔忽有声道："亚葂士！……"仔细听去，却又寂然！又忽见前途似有一点火光，荧荧如豆。自思道："莫不是我目中的幻觉么？"擦眼注视，果然还在。只听得又呼道："亚葂士！亚葂士！"亚葂士至此，真如赤子得乳一般，止了哭，拼命向灯光跑去。果然见列曼提灯迎来,大呼道:"吾亚薎士,汝在此乎?"亚薎士忙抢上前,追着列曼,又啜泣不已。列曼坐在地上,喘息道:"我疲甚,汝其告我!"亚薎士遂将失散情形,一一告知列曼。列曼也有凄怆之色。自责道:"我过矣!我当初闻你叫唤,疑你在后撒娇,故置之不理,放步前行。孰料汝竟狼狈至是哉!呜呼!我过矣!迟了良久,你竟不来,倚耳壁间,亦不闻声息,我乃返身搜寻,不期相遇于是,此我之过也!苦汝甚矣!"握着手,惘然不知所为。时适梗斯踵至,看见亚薎士,便说了一声:"瓣特台(译言佳日)。"亚薎士道:"唉,梗斯,此时何时?今日何日乎?"列曼道:"汝惫甚矣!前面地方,较此稍好,再走几步,略为休息罢!这些话,明日再谈。"于是列曼及梗斯两人,搀着亚薎士亍前行,到一处宽阔地方,一同坐下。亚薎士又问道:"今日究竟何日呢?"列曼道:"今日八月十一日矣!"亚薎士点头,闭目静息,似闻有波涛汹涌,冲激断岸之声。心中大疑,暗想道:"真耶梦耶?抑我脑病耶?"开眸看时,则又见有一道光线,与日光相似,不觉又甚惊疑。正拟定睛细看,则列曼已从对面过来,在旁边坐下,拿着一块面包,递给亚薎士道:"你且吃此,善养精神。我们明日要泛海了!"亚薎士瞿然道:"明日泛海?海在哪里?船在哪里?"列曼笑道:"海么?名曰列曼海。"亚薎士问道:"列曼海?这海难道是叔父的么?"列曼徐徐答道:"发现此海,乃由我始,故名列曼,以志不忘。"亚薎士大喜,慌忙吃了面包,一跃而起,向前急行。不半日,其地忽然开豁,别有一天。苔菌繁生,青林欲滴。出了树林,已见大海如镜,微波鳞鳞。三人相视,喜色可掬。在海岸边，纵览植物，则奇草珍木，交互枝柯，多为世间有名植物学家所未经梦见。入夜，露宿海边。一夜无话。次日，亚葛士健康已复，游步荒矶。列曼劝道："此海水与地中海无异，设能游泳，颇益身体。汝盍为之！"亚葛士依言解衣入海，沐浴了起来。则梗斯已炊晨餐，罗列岸上。三人共食，觉芬芳甘美，与平日不同。食毕，梗斯收拾了器具，持斧自去。亚葛士及列曼两人，谈论了许多湖水成因的道理，及推测这大海之广狭，造船之方法。不一会，梗斯汗流满面，飞跑回来，向前指道："造船的树木，已砍来了。"两人忙走去看，树形甚奇。列曼道："此是什么树木？"梗斯道："这就是生在海底的枞松及其他之针叶树，正可以造船的。"便拿起斧来，或削或砍，无异一个大匠。至第二日，居然告成。亚葛士取出极韧的绳索，编了一艘大筏。长十"跌得"，宽五"跌得"，列曼见了，不胜欢喜。择八月十四日晨，拖筏下海。上面立一支桅檣，挂着衣服，权作风帆之用。三人上了筏，列曼道："把此港立一佳名才是。"亚葛士忙答道："名洛因港何如？"列曼看了亚葛士一眼，拍手笑道："好极！好极！以后呼作洛因港就是了。"梗斯取起木篙，推筏离岸。此地空气稠密，压力大增。加以西北风，飘飘吹来，风帆饱孕，早已放乎中流，直指彼岸。列曼道："如此速率，二十四时间，可行三十'迷黎'。登陆之期，当不在远。"亚葛士危坐筏首，仰视晴昊，俯听波声，欢喜不尽。遂又拍手高歌起来，其歌道：

"进兮，进兮，伟丈夫！日居月诸浩迁徂！曷弗大啸上征途，努力不为天所奴！沥血奋斗红模糊，迅雷震首，我心惊栗乎？迷阳棘足,我行却曲乎?战天而败神不痛,意气须学撒旦粗!吁嗟乎!尔曹胡为彷徨而踟蹰!呜呼!"(撒旦与天帝战,不胜,遁于九地,说见弥儿敦《失乐园》。)

第七回　泛巨海垂钓获盲鱼
　　　　入战场飞波现古兽

　　却说三人从洛因港解缆后，好风相送，一霎时已前进了许多路途。遥望洛因港，青如一发，隐约波间，既而竟不可辨。唯茫茫海原，与天相接，其中有一筏与三人而已。至八月十六日，西北风起，筏行更疾，知离岸已约三十"密黎"。加之晴空如洗，大海不波，其愉快诚不可言喻。梗斯乐甚，自语道："这海中有鱼没有？"便取出一支钓竿，用一粒面包作饵，垂入波间。少顷，向上一提，竟得小鱼一尾，泼剌筏面。列曼惊喜道："鱼么？"亚薾士道："此即'阿蓄蛩儿'鱼也。"两人仔细看时，却又不然。其头颇圆，其口无齿。鳍虽尚大，而尾则无。博物学家皆列之"阿蓄蛩儿"族中，实非真的"阿蓄蛩儿"鱼也。此鱼生于荒古，种类甚卑，又无双目。列曼指着鱼头，说道："此佛帖力鱼之属耳。"亚薾士道："正是！正是！合众国侃达吉州地下洞穴中的盲鱼，真可谓无独有偶了。"列曼道："不然，此种盲鱼，与地球上者异。即如澳国西南部卡拉纽赖州的地下洞穴中，栖有鲵鱼之一种，曰'布罗鸠士'，亦为盲鱼，然去其外皮，则内仍有发育不完之双目，试抉而检察之，知其幼时之构造，本与他种脊椎动物中之鱼类无殊。特水晶体欠缺，及网膜之色素层不完全而已。盖此鱼在荒古时，本具炯眼，后因栖息黑暗世界，视官无所为用，发育乃停。遗传久之，遂成此相。而此佛帖力鱼，则原与此种不同。"亚薫士点首受教，随问梗斯要了钓竿，一连钓了许多。大地之中，竟获海味以充庖厨，三人不胜忻喜。波路壮阔，彼岸难望，不觉又是几日。所见生物，类皆珍奇瑰怪，不可究详。亚薫士本好博物之学，际此几忘饥渴。尤奇者为飞龟，像蝙蝠一般，生着两扇肉翘，颈修似蛇，喙利于鸟；齿如编贝，凡六十四枚；足有锐爪，可以升木；若登陆时，则以前足步行。各国动物学家，尚无定论。有说是属鸟类的，有说是属蝙蝠类的，有说是属水陆并栖的飞族的。许多硕学鸿儒，终不能下一明确的见解。亚薫士见了，又惊又喜，忙绘成图形，不免又同列曼讨论一番。议论虽皆新颖可听，惜此间不暇细表。

到了十七日，仍是弥望汪洋，毫无陆影。亚薫士久居海中，渐觉怏怏。列曼亦有不乐之色。取出望远镜，向四方眺望了良久。忽把望远镜向额上一推，问道："你想什么？"亚薫士道："我没有想。"列曼道："否！否！你颇有不乐之色！必定又动乡思了！你须晓得筏行虽速，海路甚遥，不能性急的。"说罢，面有怒色。亚薫士暗想，不知他有何不悦，却来拿我出气？遂索性返问道："当离岸时，叔父说至地底不过三十'密黎'，今已经了两倍的路，……"列曼大声道："走这小海，如在沼中作滑冰之戏一般，又何必怕呢！"

亚葛士只得低头不语。过了一日，也与往时无异，唯觉清风徐来，心地为爽。亚葛士忍不住又问道："这海的大小，莫与地中海、波罗的海差不多么？"列曼点头。取出一条绳索，系了铁锥，垂入海面，意欲测其深率。孰料二百"赛寻"（度名）还不见底，想收回索子时，则如钉入海底一般，牢不可拔。遂呼梗斯相助，用尽气力，才收了上来。梗斯一看，向列曼咭咭哟哟说了许多话。亚葛士虽不解衣兰岬方言，然察言观色，料知必有怪异。忙抢铁锤看时，则上有齿痕一排，历历可辨。大惊道："怪极！"梗斯随又取长衣当作风帆，疾行前进。亚葛士暗忖道："设伦敦博物院所藏开辟前巨兽之遗骸，复生于今日，则或有如许魔力。然此种动物，灭迹已久，莫非刚勃迦府博物馆所藏三十'跌得'大守宫一类的东西么？抑是潜伏海底的鳄鱼呢？"越想越怕，两目直注海面，不敢稍瞬。然至二十日，仍无变怪之事。三人颇为安心。是晚，波涛不兴，海面如镜，木筏悠悠进发，竟渐颠簸起来。飘风倏起，杂以微腥。梗斯远眺良久，忽向前一指，亚葛士忙举头一望，乃是两个黑青似的怪物。失声道："啊！大海豚！"列曼道："不是！不是！这是极大的海栖守宫。……"亚葛士大呼道："也不是。……这鳄鱼！妖怪！！"三人至是，不免心慌，再定睛细看，则一如牛头，一似蛇首，巨眼裂腮，露着白巉巉的尖齿，灿如列刃。那牛头上，忽喷出两道海水，若水晶柱一般，直射空际，还坠海面，澎湃有声。亚葛士已吓得面如土色。忙叫道："脱帆！脱帆！！"梗斯摇摇手，仿佛说是听天由命的意思。亚葛士发恨道："天是靠不住的！快自己设法罢！"然此时木筏，已趁着顺风，愈走愈近。列曼忽道："这两兽争斗起来了。"亚葛士道："这来附和的，不是许多海龟、蜥蜴么？"梗斯道："海兽实止两匹，此外唯激浪而已。"列曼不语，取出望远镜看了一会，说道："原来这就是往日在僵石中所见的鱼鼍与蛇颈鼍两物。地球表面，虽久绝迹，而不意尚生活于无人之乡。我辈眼福，诚非浅鲜。"说时迟，那时快，木筏又前进了不少。两个怪物，分明如绘，鱼鼍长约百余"跌得"，运动敏捷，遍身浴血，怒目如灯。蹴着荒浪，狞猛不可言状。蛇颈鼍则身被坚鳞，把三十"跌得"的长颈，伸出水面。张开血盆巨口，奋力激战。颓波如山，直击筏舷，摇摇欲覆。列曼及亚葛士取了枪，装好弹药，瞄定两个怪物，以备不虞。少顷，两兽似已困惫，略一游泳，便悠然而逝。三人始喘过气来。停不一会，只见一条长颈，复伸出水面，向四围鹗顾。列曼忙取枪时，却又钻入波里，杳不可见，唯闻动水激篇，淙淙作声而已。

第八回　大声出水浮屿拟龙
　　　　怪火搏人荒天掣电

　　木筏箭激，忽脱战场。到八月二十二日，气候甚热，风力益加，每点钟竟能走至三"密黎"半。时近正午，酷暑如居热带中。水天而外，不复有物。三人正诧异间，忽訇的一声，把听觉最敏的亚蔿士吓了一跳，便大嚷起来。梗斯忙升木檣，向四方眺望了良久。俯首说道："没有……没有东西！"列曼道："这不过波浪冲激暗礁而已，何足惊怪！"梗斯又仔细察看，仍无所见，始都放了心。约过三时，仍是訇的一声，宛如喷瀑。亚蔿士道："这一定是瀑布了。"列曼摇头道："未必，未必。"亚蔿士还疑讶不止，木筏又进了二三"迷黎"。其声愈强，骈礚不绝，暗想道："天上耶？抑海底耶？"然仰视晴昊，则一碧无垠，浮云都拭。俯察大海，则细波如縠，更无旋涡。大讶道："毕竟从何处来的呢？"列曼不语，正欲取出望远镜，则梗斯已攀上檣头，昂首远眺。忽大叫道："不好！龙！！龙头！！！那边龙吸水了。"亚蔿士忙道："快转舵避难罢！"列曼冷笑道："又来胡说。地球上有龙的么？"坚执不允。亚蔿士纠缠不已，才把舵稍横，又前进了两"迷黎"左右。时已薄暮，暝色笼空。只听得大声轰然，较前更厉。三人忙向前看时，则正是一个怪物，形如浮岛，长千"赛寻"，其色黑黝，遍身窈凸，头上喷沫成柱，上接太空。往昔听取的，便是这喷水的声息。亚薨士大惊道："快回转罢！快回转罢！！"列曼尚未答应，梗斯忽笑道："哈！哈！原来是座浮岛，却来装着怪相吓人！"列曼问道："龙头呢？"梗斯道："就是喷火的所在，名叫'噶舌'的家伙了。"列曼闻言，觑着亚薨士，拍手大笑。亚薨士不免惭愧。自恨道："人说剑胆琴心，我为何偏生着琴胆。以此揣事，每陷巨谬，奈何！奈何！"想至此，又怕叔父嘲笑，愈觉刺促不安。幸而列曼也不再提及。渐行渐近，果然分明是座浮岛，吐火赫然。列曼命停了筏，三人登岛巡游。梗斯不肯，只执着长篙鹄立筏上，忻然在那里眺望。两人便跨上垂岩，循着花刚岩石前进，足下沙石疏松，著履欲陷。少顷，见前有潴水，蒸气升腾。亚薨士即取寒暑表，插入水中，知其热度，在百六十以上，游览既遍，甚为忻喜。便名此浮岛，曰亚薨士屿。徐步回筏，则梗斯已预备妥洽，离岸首途，绕出南岸，顺风驶去。此时离洛因港既二百七十"密黎"。衣兰岬岛既六百二十"密黎"。一筏三人，正居英吉利之下。至八月二十三日，新发现的亚薨士屿，已隐见筏后。未几，水气溟蒙，阴云黯澹。那恃为性命的电光灯，已如浓雾里的秋萤，惨然失色。愈进愈暗，种种奇云，更不可缕述。或如乱缣，或如积絮。亚薨士道："此暴风之朕也。从速准备！"说还未了，盲风骤来，大雾垂空，酿成电气。引着三人，毛发为之森立。至十时顷，黑云如磐，昏不见掌。亚藨士急问道："怎好呢？"列曼口虽不言，心中也不免着急。命梗斯停了筏，泛泛波间。四面凄然，天地阒寂。亚藨士忍不住又大叫道："叔父！快卸帆罢！"列曼怒道："莫慌！便触着岩石，筏沉了，能算什么？"说时迟，那时速，遥望天南，也生暗色，云奔风吼，白雨乱飞。三人如不倒翁一般，只在筏上乱滚。亚藨士怕极，匍匐而行。正摸着列曼。列曼故意道："如此风景，好看极了！"亚藨士没法，定睛偷觑梗斯，则黑暗丛中，横篙屹立。暴风吹面，虬髯蓬飞，其勇猛奇诡之形，宛若与鱼罢蛇颈罢同时代的怪物。是时，风雨益剧，帆布紧张，木筏摇摇，几有乘风飞去之势。亚藨士只是叫卸帆，列曼只是不肯。刹那间，电光煜然，飞舞空际。继而雷鸣轰隆，霰雹竞落。那波涛便如丘陵一般，或起或伏。亚藨士已目眢神昏，力抱筏橹，不敢稍动，幸此日却尚无事。至二十五六日，险恶仍不逊从前，雷电行天，波涛过筏。三人耳膜垂破，眼帘比朦。便想讲话，亦唯两颐翕张，更听不到片言半语。亚藨士觅得石笔，写了一篇，劝列曼卸帆。列曼知拗不过，始点一点头。方欲告知梗斯，则訇然一声，如鸣万炮。声中一团怪火，色带青白，向列曼劈面飞来。列曼只叫得一声："啊哟！"已蒲伏梗斯足下！梗斯独岸然不惧，睁着怪眼，觑定火球。只见这火球晃了几晃，又向梗斯射去。此时连梗斯也不能不惊，倒退了数步，跌倒筏上。待亚藨士喃喃呼天，则火球已不知何往。但觉空中淡气充塞，呼吸皆艰。意欲起身，而宛若吃了蒙汗药一般，手足竟不能自主。亚藨士大诧道："阿哟！怪物禁住我了！……"列曼道："笨伯，这不是电气的作为么？"亚葂士想了一会，果然有理，才得安心。迨二十七日，风雨尚不休止，一叶木筏，无翼而飞，莫知所届。三人也只得拼了性命，束手任之。唯风声雨声中，仿佛似有岩石当波，砰磕震耳。仔细推算，大约既踰英吉利达法兰西的地下了。所憾者，眼前暗黑，彼岸难望。除了与筏沉浮，直想不到一万全的方法。亚葂士身软神昏，似睡非睡，恍惚觉木筏正触着岸边，偶不留神，遽翻身落水。待呼救时，则海水汤汤入口，苦闷不可名言。幸梗斯颇善于泅水，忙跳入海中，抓住衣领，只一提，已提到筏间。避开了怒浪狂涛，觅得一平易的所在，停了筏，抱亚葂士登岸，令静卧列曼身傍，默然相对。梗斯又上木筏，搬取什物。列曼不忍坐视，也来相挈。两人同在筏上，忽一个涛头，扑着海岸，那筏被浪一激，直向后退，霎时间离岸已远，人影模糊，不复可辨。亚葂士独卧沙上，欲起无力，欲叫无音，只瞪着双睛，自观就死。挣扎了好一会，才放声哭叫道："叔父！"

第九回　掷磁针碛间呵造化
　　　　　拾匕首碣上识英雄

　　却说烈雨盲风，相继者三昼夜。亚蔿士体力微弱，竟坠海中，才得苏生，又遭大难，不免五内寸裂，悲极亡音。朦胧间，觉有人抚肩道："亚蔿士，你说甚？"睁眼看时，原来仍卧沙上。叔父列曼踞坐于旁，愀然道："你道甚？见了噩梦么？"亚蔿士定一定神，始如释了重负。揩去冷汗，放眼四观，则天色虽尚不放晴，而风雨却较前稍杀。梗斯取出石炭，煮些食物，劝亚蔿士加餐。然三日三夜，不得安息的亚蔿士，那里饮得半滴。只是唉声叹气，闭目不言。至第二日，仿佛天地五行，都商量妥协似的，云雨全收，暴风亦止。三人颇喜，气力渐增。亚蔿士自语道："前日暴风，竟不肯吹此筏到刚勃迦地底，可谓不近人情了！"列曼听得，忙问道："昨晚睡得着么？"亚蔿士道："正是，叔父想亦如此。"列曼道："我较平日更佳！"亚蔿士不语，停一会，忍不住又嗫嚅问道："叔父，还要旅行么？"列曼道："早得狠哩！走到地心，便告毕了。"亚蔿士道："究竟什么时候，才回去呢？……"说了半句，列曼遽道："你莫再说这宗话了。不到地底极点,能回去的么?"亚蔼士不能再问,改口道:"果如此,则应先修缮了木筏。还有食物,也不可不先检点的。"列曼道:"汝言诚然!梗斯于此种事情,颇能注意,我们去检点一遍就是。"两人遂徐徐起立,且说且行,不数百步,见梗斯已拖筏上陆,执着斧,补好了数处。许多物品,都挨次排列,有条不紊。列曼感极,走上前握着梗斯的手,说了许多致谢的话。梗斯只略点头,运斤自若。列曼历检什物,损失颇多。幸最紧要的火药与磁针等,却均无恙。亚蔼士问道:"食物呢?"梗斯道:"尚有鱼、肉、面包、酒类。四个月余,还吃不尽哩!"列曼大喜道:"好极!好极!待我到过地底,然后回家,还可招亲戚故旧,饱餐这不可多得的珍物哩!不是么?亚蔼士?"说毕鼓掌大笑。亚蔼士暗忖道:"此老倔强犹昔,大约是抵死不变的。"便随口问道:"我们离亚蔼士岛既七十'密黎',离衣兰岬岛该有六百'密黎'了?"列曼道:"可恨这暴风雨,阻了我的行程。然走过的路,大略如此。我想列曼海,广必有六百'密黎'上下,同地中海大小相仿佛的。"亚蔼士道:"叔父,我们可就在地中海的底下么?"列曼道:"或正如是。"亚蔼士又道:"据此算来,离雷加惠克已九百'密黎'了。"列曼张着口,半晌不答。良久,才说道:"据实说,则我们是否在地中海或土耳其抑哀兰狄克海下,即我也莫名其妙了。烈风暴雨时,磁针变了方向,叫我有什么方法呢?"亚蔼士道:"三昼夜间,风力虽强,方向却似不甚变换。必在洛因港的东南,一看磁针便明白了。"列曼称是不迭。忙取出磁针,注视长久,忽瞠目结舌,只看着亚蔼士不发一言。亚藆士急问道："何如？"列曼道："你来！你来！跑过去看时，则尖端已不指南方，变了北向。"两人都大惊异，把磁针着实摇了一遍，放在地上，待其静定，仍指南方。亚藆士只是发愣，列曼却垂头默想。少顷，神色大变，仰首道："我们竟不得不归原路么？"说至此，又俯首不语，左思右想，终莫得其故。愤火骤炽，把磁针一掷，大叫道："天地五行，共设奸谋，宁能伤我！我唯鼓我的勇，何难克天！从此照直线进行，怕他作甚！天人决战，就在此时了！"又叹了一口气，突然起立说道："天地五行，我与你战一合罢！亚藆士，你应晓得，竞名好胜，唯人界为然。我悬衣为帆，联木作筏，横行此杳不可测之黄泉；天地害我，五行阻我，叫我有什么方法呢！"亚藆士见他如醉如痴，不知所对，搭讪着说道："久居于此，终非长策，总以前进为是。"列曼蹙着双眉，略一首肯，遽大踏步去寻梗斯，则木筏已修理整齐，拖入海南。一切什物，都搬运上筏，只待启行。列曼也不言语，呼了亚藆士，同到岸边。梗斯本来是祇听列曼命令的，即跳上筏，执了篙，鹄立以俟。时西北风起，空气澄清，呼吸爽然，较前数日有天壤之别。列曼忽挥手道："明天走罢！明天走罢！"亚藆士惊疑道："这又何故呢？"列曼笑道："我平日只凭天运，遂得大祸。今日偏不走，要调查了这沿岸的形势，才得安心！权在此地宿一夜罢！"于是梗斯又跳上岸，系了筏，列曼等两人，徐步沙碛间，采了许多鳞介、草木。亚藆士奔走方将，忽见短刀一柄，不觉称异。拾起看时，则土花陆离，似已废弃多日，急跑去告知了列曼。列曼亦大惊。想了良久，忽道："定是你瞒着我，从家里带来的。"亚蔼士道："如果是我的，此时又何必来对叔父说呢。"列曼道："然则必是梗斯的了。衣兰岬岛人好带短刃，不知如何遗落于此，呼来一问，便知端的！"遂即呼梗斯至，取刃示之。梗斯摇首道："不是！不是！敝处除土人而外，不能带刀，如我有此物，还来给君辈撑筏么？"列曼愈疑。以手拍额，遂恍然道："此必有先我至此者！亚蔼士，我们去搜索一过，何如？"亚蔼士连声应诺，踰岩降谷，各处搜寻，终不见有类乎人迹的所在。比至对面岸角，始得一穴，与平常不同；壁皆花刚（石名），深不可测。两人交口称异，没命地赶至洞口。……奇哉！奇哉！壁上竟挂着一方石造的扁额。石液浸渍，古色斑斓。亚蔼士拭了双目，仔细看时，原来其上勒有文字，而且是三百年前的文字。遂高声读道："亚仑……萨力耨山！"

第十回　埋爆药再辟亚仑洞
　　　　遇旋涡共堕焦热狱

啊……亚仑萨力耨山！诸君知道欧洲古时的事迹么？世传往昔有个英雄，曾旅行地底者，便是这刻在石上的亚仑。可怜列曼舍命奋身，旅行多日，从此无量辛苦，都付逝波，只留下给我做小说的话柄。诸君，你想伤心不伤心呢？他摩挲老眼，凝视久之。终失声大叫道："这就是亚仑开的隧道么！"亚萬士笑道："容或有之。"又向身旁一指道："叔父，你看，还有他的遗迹在这里呢！"于是手舞足蹈，向前便跑。列曼忙赶上前，一把抓住衣襟，一面伸着手招呼梗斯，命撑筏到了岸角。亚萬士忻然道："幸而到了这里，否则不知怎样哩！不但亚仑遗迹莫得而知，恐还出不了地底呢！"又跳了几跳，向四方乱指道："此后到瑞典，至俄罗斯西伯利亚，又至亚非利加，更到那里，到那里，……一直至地底。"列曼看着亚萬士，也不答应，只是点头。时梗斯已登了岸，亚萬士得空，复欲向洞中钻去，仍被列曼牵住。亚萬士大呼道："壮士一去不复还，毁了筏罢！"列曼急禁止道："且慢！且慢！先把石壁查察一过才是。"遂系了筏，走近洞旁，审视良久，知广约五"跌得"，望之窅然。其深则不可知。唯推究形状，却确是一条隧道。三人放开胆，沿一直线进行，不数丈，便是石块磔砢，闭塞前途。先把向前飞跑的亚蔑士头上凿了一个栗暴。亚蔑士连声呼痛，回身便奔。列曼举起电灯，向前照去，则土花蔓碧，石骨撑青，更不见有可容一肢半节的微隙。列曼道："石块么？"亚蔑士一手抚头，一手摸壁，答道："不是！不是！崩解的土石罢了。屡易星霜，自然如此。唉！刚勃迦，我竟与你不能再一相见么？"列曼在后，擎着电灯，焦急道："说甚梦话，快用凿罢！"亚蔑士道："这宗器械，能济甚事？唉！刚勃迦！"列曼道："莫慌！我用爆药！……"亚蔑士惊道："爆药？"列曼道："轰去土石，便可进行。除了爆药，有方法么？"即招了梗斯，命他按法装置，加上引绳，至夜半已告完成。亚蔑士上前道："叔父，你上筏去罢，待我来引火。"列曼答一声"危险"，便伸手抱亚蔑士，拖入筏间。梗斯用力一撑，离岸已逾十丈。三人六目，齐注穴中。只听得轰然一声，爆药暴发；砂飞石走，激水成涡，海底污泥，都如黑云一般，盘旋上冒，余势捲筏，竟飞出丈余。三人以手抱樯，不敢稍动。一个电灯也訇的一声，乘势飞入海中去了。亚蔑士尚欲有言，无奈水火战声，如奔万马。即叫破声带，也属枉然。说时迟，那时速，爆药裂处，忽生巨穴。穴中旋涡，奔跃如爆，其力极伟。看看已将木筏，引入涡中，三人惧甚，各握着手，以防坠水。目花耳窒，神魂飘摇，但觉两腋生风，飞涛沾发。一叶木筏，已以一点钟三十"密黎"的速率，飞渡盘涡，向穴中射去。亚蔑士叫道："亚仑的……！亚仑的……！！"少时略定，伸手摸时，则电灯是不消说，即器械糇粮，也都孝敬了海若。所幸者，热度表及磁针犹依然嵌在木隙。亚蔿士知失了食物，不胜担忧。两颐翕张了好一会，仍默不一语。梗斯摸出火种，造了篝火，然如幽林萤火，虽有若无，微光荧然，微照筏首。列曼等握手匍伏，不知所为。既而亚蔿士道："叔父，食物呢？"列曼回头瞧了梗斯一眼，梗斯摇首道："完了！完了！"列曼大惊道："没有了吗？"梗斯道："只有干肉了。"列曼颇为沮丧，默默不言。未越一点钟，三人皆饥，遂取余剩干肉，各食少许。咀嚼未毕，炎熇渐增。汗出如浆，呼吸迫甚。亚蔿士大呼道："溺死，烧死，抑是饿死，必不免的了！"列曼支颐冥想，闭目不答，良久，才道："我只能束手待死，那留下的干肉，索性也吃了罢。"亚蔿士便分成三份，一分递给梗斯，一分与了列曼，自己则胸膈欲裂，不得沾唇。唯梗斯沉勇如常，脱了帽，满舀海水，交与两人。亚蔿士静坐少刻，忽叹道："这是最后的食物了！"便把干肉抛入口中，拼命咽下。时愈进愈热，如居热鳌。刚勇若列曼，也不觉潸然流泪。三人脱了外衣，又脱了裤，又脱了衬衣，仍是白汗如珠，滚滚入海。亚蔿士跃起道："啊！死了！我们到了矿物熔解的所在哩！"列曼且喘且说道："岂有此理！"亚蔿士道："岂有此理！你说是那里呢？叔父！"一面说，一面伸手向石壁上去摩，忽呀的一声，指上早受了火创。忙缩回手，浸入海水，岂知海水亦热如沸油。又是呀的一声，忙把两指衔入口中，呼痛不止。耳中又听得爆药应声，传入穴底，隆隆不绝，若旋辘轳。加以石壁震动，土石交飞,蒸汽都在上面,凝成水滴,霏霏而下。一枚磁针,也发了狂,或左或右,飞舞自如,指无定向。亚霭士道:"死了!叔父!地震哩!"列曼道:"不是。"亚霭士道:"叔父,你没留心,真是地震了!"列曼微笑道:"这是喷火。"亚霭士大惊道:"啊,焦热地狱!!"列曼道:"岂不甚好么?"亚霭士道:"好?!"偷看列曼举动,颇似泰然,极少仓皇之状,大感不能解,驰想久之,才遣诘道:"叔父,什么甚好?我们卷入火焰,化为死灰,好么?"列曼向眼镜边上射出眼光,注定亚霭士,大声说道:"唉!亚霭士!你竟不知,欲归故乡,舍是……尚有方法么?"

第十一回　乘热潮入火出火
　　　　　　堕乐土舍生得生

　　却说三人一筏，霎时已趁着盘涡，直入叫唤大地狱。血液内凝，烈焰外炽，焦热苦闷，不可名言。亚薨士如死如生，忽觉化为死灰，散布六合；忽觉随了木筏，飞升九天。恍惚自思道："这是北方么？还是衣兰岬的地下呢？还是恺噶儿火山的下面呢？西边隔亚美利加西岸五百'密黎'，有火山山脉。至于东方，则纬八十度处，亦有央曼岛的爱士克火山。可怜这筏，不知向那边的火山去寻死哩！"想了一会，便又惘然。至翌朝，觉身体震荡更甚，挣起来向下一瞰，则木筏早已离海，唯见下皆立石，烟焰赫然，旁有略阔的两条隧道，色如泼墨，蒸汽盘旋，火光如金蛇，下照幽谷。亚薨士惊极，只叫得一声："叔父！"列曼泰然道："这又何足为奇呢！火山喷火的时候，硫黄并燃，青光明灭，是常有的。"亚薨士道："我固知道，然这烟焰如此利害，万一卷了筏，……"列曼道："决不至此，你放心罢！"两人问答未终，火焰竟较前稍杀。唯筏下浓厚物质，滚滚如潮，寒暖计已升至百度。列曼道："啊！"亚薨士忙道："怎了?"列曼道:"筏停了!"亚薾士道:"喷火歇了么?"列曼笑道:"哈!哈!正是!正是!我等也歇了。"亚薾士再定神看时,则灰石乱飞,轻于蛺蝶。游烟缕缕,夭矫若神龙。亚薾士又大嚷道:"叔父!叔父!又上去了!"列曼道:"你嚷作甚?你直想歇在这里么?"不过两分时,却又停止。列曼便从怀里掏出时表,看定指针,自语道:"再有十分。"亚薾士道:"每过十分,停止一次么?"列曼点头道:"正是!这火山喷火,是间歇的。故我等亦略得休憩。"话未毕,果然如弩箭离弦一般,又向上直射。亚薾士深恐堕落,竭力抱定木筏,目眩头晕,如登云雾。那木筏忽止忽行,也不知几次。只在朦胧间,觉四体不仁,喉舌欲裂。时而闻雷音大震,时而见石液狂飞,几疑有牛首阿旁,将扇煽火,火化无量蛇舌,围着木筏,伸缩吓人。而面目奇丑的梗斯,却犹隐见于烟火盘旋之中,齿粲目圆,如怒如笑。尔时亚薾士,怀无量恐怖苦闷,也不暇顾列曼,也不能看梗斯,双目复瞑,昏瞀罔觉。不知何时,忽闻有狮子吼,天地震荡,两耳亦自嗡嗡作声。欲待挣扎,却又如被梦魇,动不得分寸。少顷,又觉有人把左臂一提,才得苏醒,睁目看时,梗斯正屹立身旁。列曼欲立又伏,口中大嚷道:"这是那里!这是那里!!"亚薾士重定了神,张目四顾,知已僵仆山间。不远有一巨穴,便点首会意,叫道:"我等喷出火口了,这是衣兰岬么?"梗斯笑道:"不是,不是。"亚薾士道:"不是么?"随声仰首,则当初戴雪耀光的高山,更不可见。但有烈日光线,直射童岩,地底地表,不能辨识。亚薾士沉思良久,忽道:"必不是地底了!然又不是衣兰岬央曼岛么？还是息毕哈侃呢？"列曼道："总之不是衣兰岬。"亚蔚士道："央曼岛么？"列曼道："也不然。你看这火山，非与北方终年负雪，由花刚石所成立者不同么？啊！亚蔚士，你看，……你留心，……"便向上一指，亚蔚士的眼光，即随着列曼指尖，直向上射。但见绝顶的巨穴，每隔十五分时，辄火光赫然，火石烟灰，蓬蓬上舞。亚蔚士忆及前事，张口结舌，不知所云。三人静息良久，气力稍复，始放眼观察这火山的形势。原来此山形如覆釜，高约三百"赛寻"，山麓郁苍，有"阿黎夫卡""佛额"、葡萄诸植物，交柯结叶，夐与冱寒的北方不同。数里以外，有湖水湛然，远树森森，如排青荠，仿佛是一座岛屿一般。再望东方，则飞甍参差，居然一大都会。后面有小船坞，奇形殊状的船舶，泛泛碧波间，樯楫成林，帆动疑蝶。再向远处望去，又有无数小屿浅渚，簇然似蚁垤。西唯大海，一碧无垠；水天相接处，露出一座漏斗形的火山，时吐烟雾。北方则仅见沙渚一弯，轻帆几叶而已。亚蔚士喜极，顿忘劳苦，乱跑乱嚷道："这毕竟是什么所在！乐土！乐土！不是梦么？！"列曼、梗斯，皆不知所对。亚蔚士又独自跑了一个圈子，才见梗斯开口道："我虽不知是甚么地方，然炎热异常，震荡不息，恐必不是善地。走罢！走罢！免得给飞来的灰石打死了！"亚蔚士也不理会，又张着两手，跑了出去。远眺许久，忽见列曼等两人，已徐步下山。没奈何，也只得追踪而往。回思前事，不异梦游。四面景色，皆平生所未曾梦见。自付道："入黄泉隔天日之我，为甚忽到如此乐土呢!？"且走且想，越想越奇。不一会，大声说道："是亚细亚！已经过印度海岸马拉斯几岛之下了！我等此时,不是正与在欧洲本国的同胞足迹相对么?"列曼愕然,只说得一句:"磁针!"亚蔺士忙应道:"磁针么?……磁针么?据磁针,是明明向北去的!"列曼道:"今日何故却到了热带呢?那个磁针竟如此捉弄人么?"亚蔺士侧着头,默然不答。列曼又道:"此地难道是北极!"亚蔺士大惊道:"北极?不然……然是北极,到也未可料的。"

第十二回　返故乡新说服群儒
　　　　　悟至理伟功归怪火

　　且说一行且语且走，到了一片大平原，心神定后，渐觉劳瘁，渐觉炎热，渐觉饥渴，便都停住足，草卧了两小时，始向前进。未几，见远远里有一丛村落；前临清溪，翠竹白沙，明瑟如画。林中石榴粲血，葡萄垂房。三人见了，都垂涎千丈。忙摘取红熟果实，欲啖一饱；其傍恰巧是玲珑树荫，潺缓清泉，遂又脱帽解衣，濯了手足。亚蒍士一昂首，骤见前面林中，显出一个童子，失声叹道："童子何幸，居此乐郊！仙乎！仙乎！"仔细看时，却又不然。但见他垢面敝衣，不异乞丐。张皇四顾，有惊异之状。列曼笑道："我等远来，容仪不饰，此地必无如是莽男子，惹人惊诧，亦理所应有的。"童子探望未久，返身欲行。梗斯忙大踏步上前，捉住衣袖。列曼等也都走去，先用德国语问道："这山叫甚么名字？"连问数次，童子不答。唯目不转睛地看定列曼，把头乱摇。列曼道："是了，这必不是我德国的地方，我德国境界中是没有火山的。"便又操英语问道："你晓得这火山的名字么？"童子仍是摇首，默然无言。亚蒍士道："叔父，他是哑子。"列曼微笑，仿佛对着童子，卖弄博物学似的，又咭咭唧唧说了几句伊大利语。童子哪里理会，又照例把头摇了两摇。到此时，任你博物大博士，也只得搔首攒眉，施不出别的本领。列曼闷极，伸手一推，大声道："你真不懂么？"童子也顺势一挣，只说一句："色轮不离！"便跑入"阿黎夫卡"林中去了。亚薨士大惊道："色轮不离么？"列曼也大惊道："啊！色轮不离……这青灰色山东边的，就是额拉布山么？在南方天末的，就是亚支拿山么？"原来这色轮不离，即古昔口碑所说极奇怪的囵力斯几群岛之一。昔有英雄，名雅耳者，曾锁风伯海若于此，传颂至今，几于无人不知的。三人听得"色轮不离"四字，便想起古事，忻喜不胜，口中乱嚷，没命地向山下奔去。意大利人见了，疑从九幽地狱飞出来的魔鬼，便也大嚷起来。唯几个胆大的，却围着观看，列曼恐来加害，忙用意大利语说道："我等遭风，漂流至此，别无他故的。诸君不必惊怪！"众人始渐散去，三人依旧趱行。列曼垂着首，只说："磁针！磁针！"反复不已，亚薨士也明知磁针作怪，致今日不北而南，然以莫明其理，便不敢言语。两小时后，已过了村落，渐近圣威兼码头，购办衣冠，休憩两日；即雇了一叶扁舟，到密希拿地方。至九月十三，乘着法国邮船朴陆尔，三日后。抵马耳塞上陆，二十日晚，已归刚勃迦。洛因闻声，出门相迓，倒依然容色颇丰，腰围不减。行过礼，自然是休憩片刻，再说地底情形。岂知这旅行地底的奇事，早已传遍了远近，一刹时，亲戚故旧，未知已知，都蜂拥而至。即漠不相识的，亦一若向列曼点一点头，便大有荣誉也者。足恭卑色，缠绕不休。列曼也不暇一一理会，只择情不可却的，自去酬酢。又张了几日大宴，以报戚友之情。且留住梗斯，做个见证。草了几篇论说，痛斥地底剧热之说，缕述身历目击诸事，以证其前言之不诬。许多学者，都赞叹不迭。虽有几个反对的，说这种事迹，又似有理，又似无理，像小说一般，殊难深信。然不过如九牛一毛，既没人见信，又没人雷同。数日后，也只得索性随着众人，拍手大赞。众人甚喜，说他颇识时务。反对者既获美名，也就闭口不语了。于是有许多人说："列曼是伟人。"又说："是空前的豪杰！"其他奇士，英雄，冒险家等徽号，尚不一而足。德意志人，也从此都把两颗眼球，移上额角。说什么唯我德人，是环游地底的始祖！荣光赫赫，全球皆知！把索士译著的微劳，磁针变向的奇事，都瞒下不说。唯博士列曼，虽负着鼎鼎盛名，终觉于心有些未惬。每日只是磁针磁针地自语不止，一日，亚蔿士走入书斋，偶在矿物堆中，捡得一物，大惊道："便是这磁针……方向何尝误呢！"列曼熟视良久，笑道："是了！那时的磁针，必发狂无疑。"亚蔿士也笑道："是了，我等过列曼海时，不是遇着飓风怪火么？那团怪火，吸着铁器，直奔筏中，磁针方向，便在此时变的。"列曼鼓掌大笑道："正是！正是！……噫！我知之矣！……伟哉电力！"

道："叔父，他是哑子。"列曼微笑，仿佛对着童子，卖弄博物学似的，又咭咭唧唧说了几句伊大利语。童子哪里理会，又照例把头摇了两摇。到此时，任你博物大博士，也只得搔首攒眉，施不出别的本领。列曼闷极，伸手一推，大声道："你真不懂么？"童子也顺势一挣，只说一句："色轮不离！"便跑入"阿黎夫卡"林中去了。亚藓士大惊道："色轮不离么？"列曼也大惊道："啊！色轮不离……这青灰色山东边的，就是额拉布山么？在南方天末的，就是亚支拿山么？"原来这色轮不离，即古昔口碑所说极奇怪的囿力斯几群岛之一。昔有英雄，名雅耳者，曾锁风伯海若于此，传颂至今，几于无人不知的。三人听得"色轮不离"四字，便想起古事，忻喜不胜，口中乱嚷，没命地向山下奔去。意大利人见了，疑从九幽地狱飞出来的魔鬼，便也大嚷起来。唯几个胆大的，却围着观看，列曼恐来加害，忙用意大利语说道："我等遭风，漂流至此，别无他故的。诸君不必惊怪！"众人始渐散去，三人依旧趱行。列曼垂着首，只说："磁针！磁针！"反复不已，亚藓士也明知磁针作怪，致今日不北而南，然以莫明其理，便不敢言语。两小时后，已过了村落，渐近圣威兼码头，购办衣冠，休憩两日；即雇了一叶扁舟，到密希拿地方。至九月十三，乘着法国邮船朴陆尔，三日后，抵马耳塞上陆，二十日晚，已归刚勃迦。洛因闻声，出门相迓，倒依然容色颇丰，腰围不减。行过礼，自然是休憩片刻，再说地底情形。岂知这旅行地底的奇事，早已传遍了远近，一刹时，亲戚故旧，未知已知，都蜂拥而至。即漠不相识的，亦一若向列曼点一点头，便大有荣誉也者。足恭卑色，缠绕不休。列曼也不暇一一理会，只择情不可却的，自去酬酢。又张了几日大宴，以报戚友之情。且留住梗斯，做个见证。草了几篇论说，痛斥地底剧热之说，缕述身历目击诸事，以证其前言之不诬。许多学者，都赞叹不迭。虽有几个反对的，说这种事迹，又似有理，又似无理，像小说一般，殊难深信。然不过如九牛一毛，既没人见信，又没人雷同。数日后，也只得索性随着众人，拍手大赞。众人甚喜，说他颇识时务。反对者既获美名，也就闭口不语了。于是有许多人说："列曼是伟人。"又说："是空前的豪杰！"其他奇士，英雄，冒险家等徽号，尚不一而足。德意志人，也从此都把两颗眼球，移上额角。说什么唯我德人，是环游地底的始祖！荣光赫赫，全球皆知！把索士译著的微劳，磁针变向的奇事，都瞒下不说。唯博士列曼，虽负着鼎鼎盛名，终觉于心有些未惬。每日只是磁针磁针地自语不止，一日，亚蒍士走入书斋，偶在矿物堆中，捡得一物，大惊道："便是这磁针……方向何尝误呢！"列曼熟视良久，笑道："是了！那时的磁针，必发狂无疑。"亚蒍士也笑道："是了，我等过列曼海时，不是遇着飓风怪火么？那团怪火，吸着铁器，直奔筏中，磁针方向，便在此时变的。"列曼鼓掌大笑道："正是！正是！……噫！我知之矣！……伟哉电力！"